Pieniä nostoja

Kaarina de Wolff

Pieniä nostoja

Novelleja

Books on Demand GmbH, 2016

Pieniä nostoja

Valmistaja: Books on Demand GmbH, Norderstedt, Saksa
Kustantaja: Books on Demand GmbH, Helsinki, Suomi
ISBN 978-952-339-445-2

Sisällysluettelo

Eijan perjantai-ilta

Pänikästä tuli vielä yksi lasillinen, kun oikein tiristi. Caberneta, hyvä hinta-laatu suhde, jos uskoi Hesaria. Ja miksei uskoisi, johonkinhan sitä pitää. Hyvää caberneta. Ehkä seuraavakin lasi vielä heruisi, häthätää, puolikas ainakin, kun kulman leikkaa auki. Mainonta pitäisi kieltää? Mitä typeryyksiä, hänellä se ei juomisiin vaikuttanut sinne eikä tänne. Mitä jos vähän otti viikonloppuisin, infoa hän lehdistä vain etsi. Informaatiota, että oppisi jotain viineistä.

Eija liihotteli keittiöön kädessään tyhjä lasi ja saman rytmin tahdissa takaisin olohuoneeseen täyden lasin kanssa, varoen läikyttämästä. Jalopuinen työtaso kuitenkin oli tainnut saada uuden punaviinitahran, mutta Eija ei sitä huomannut. Aamulla se huutaisi ja syyttäisi.

Lasissa on reunat, lasissa on reunat, hän supisi itsekseen. Soittimesta tulvi ihanaa kantria: "Sweet, sweet surrender...", Eija hyräili mukana. Peili eteisessä näytti tulipunaisen suun, se lähetti ohimennessään lentosuukon itselleen. Punaa sopi vetää kunnolla, kun oli yksin. Töissä ei kehdannut ja Markku olisi pitänyt typeränä. Vaikka typeränä se taisi muutenkin pitää. Peili näytti myös lanteet, ou jees, ne liikkuivat niin rohkeasti. Rohkeammin, rohkeammin, niin kuin ne olivat vatsatanssissa oppineet. Lanteet, leveät, omat, juuri sellaiset kuin tässä iässä lanteiden kuuluikin olla. Eija siemaisi lasista samalla kun läpsäisi itseään takamukselle. Hyväksyvä hymy jähmettyi hetkeksi huulille. Ehkä tämä turkoosi olo-asu oli vikaostos, vaikka kaulus oli kiva. Hulluilla Päivillä oli ollut vain tämä ja aniliini tarjouksessa. Ja molemmista vain koko neljäkymmentä, ei enää neljää-kymmentäkahta. Tosin neljäkymmentä oli hänen oikea kokonsa. Tai olisi varmasti hänen kokonsa taas ihan pian. Pikkusen vain karppausta. Viikko ilman viiniä ja leipää. Joka tapauksessa, turkoosi sopi hänelle. Keväinen väri. Ja rinnuksessa se tärkeä logo: loikkaava puuma. Aito, Stockmannilla ei myyty mitään feikkiä. Kyllä tämän kehtaisi ylleen sujauttaa saunan jälkeen, kun mökille tulisi vieraita. Tumma väri olisi silti ollut armeliaampi. Tummansininen tai jopa musta. Mutta niitä värejä ei ollut alennuksessa. Jos hän olisi ollut ihan rehellinen, hän olisi mielellään kaapinut reisistä ja takamuksesta jonkun viisi, ehkä kymmenenkin senttiä ihraa pois. Ihraa. Sellaista ajatusta ei sopinut päästää mieleen. Se olisi pilannut tunnelman. Oli hyväksyttävä itsensä. Piti olla positiivinen. Näin oli, näin on.

Eija ei ollut koskaan oikein rehellinen. Ei ollut varaa sellaiseen ylellisyyteen. Ei sitä enää edes huomannut, miten tuli itseään huijattua.

Hän suki sormillaan lyhyttä punaruskeaa tukkaansa. Ei se sellaista jouhta ollut kuin jollakin naistenlehden itsevarmasti hymyilevällä rouva Kaikkivoivalla, mutta puuttuihan häneltä muutakin, se autuaaksitekevä lesbous ja vielä se musiikillinen tai kirjallinen osaaminen. Tai kuvallinen ilmaisu. Ja karisma. Sekin vielä, mikä se sellainen oli, mistä sitä sai ostaa, paljonko maksoi kilo? Hän oli vain ihan tavallinen Eija, jokusen vuoden päästä eläkkeelle pääsevä yliopiston aktuaari. Tärkeä virka, mukamas, mutta kyllä hän tunsi, ettei hän paljon tavallista toimistohiirtä kummempi ollut. Opiskellessa oli vielä elätellyt kuvitelmia, että hänestä tulisi jotain, Markun tapaamisen myötä ne odotukset aikoinaan olivat ihan nousseet siivilleen. Markkuhan oli sentään silloin jo melkein lisensiaatti. Niin nuorena. Puhui viisaita ja kannusti häntäkin opiskelemaan. Mutta Eija ei jaksanut tutkinnon jälkeen ponnistella, mitä se hyödytti. Kyllä yksi lukupää perheessä riitti. Ei hän sellaisia enää miettinyt, nyt oli nyt. Piti elää hetkessä.

Oli olevinaan ihana olo, Markku oli mökillä, sai olla tässä ihan omissa oloissaan, nauttia omasta seurastaan. Kaikki oli hyvin, kunhan vain piti tiukan panssarin päällä. Eikä päästänyt Alakuloa peremmälle. Aina se oli pyrkimässä, itsepäinen kuokkavieras. Ei kysynyt lupaa, ei ilmoittanut syytä tulolleen. Nyt oli kaikki hyvin. Kukaan ei huomauttanut punkusta. Jos Suvi soittaisi aamulla, tiedustelisi, että ollaanko sitä hengissä, ei olisi pakko vastata. Voisi antaa sen hätäillä vähän aikaa. Hän saisi ihan rauhassa vaikka pidellä päätään, jos olisi tarvis. Toivottavasti ei, mutta oli myönnettävä, että jonkun kerran tuli otettua liikaa. Tytär kun aina pyrki valvomaan, ettei annosten määrä ylittäisi kansanterveyslaitoksen määrittämää normia. Varsinainen besserwisser, se Suvi. Se ja sen mies, joka aina hymyili niin ystävällisesti. Alentuvasti se hymyili, alentuvasti, ikään kuin anoppi olisi idiootti. Kyllä Eija merkit osasi lukea. Itsekäs pariskunta, oma ura ja omaisuuden kartuttaminen vain mielessä. Tekisivät jo sen mukulan, niin Eijakin pääsisi autuaaseen isoäitikerhoon, valittujen joukkoon.

Eija istahti läppärinsä ääreen, viinilasi oli käden ulottuvilla. Kovaäänisistä kaikui nyt Country Road, joku romanttinen mies siellä tunnelmoi. Vanha tie, Eija hyräili mukana. Hän osasi cd:n ulkoa, vaikkei ymmärtänyt ihan kaikki sanoja. Ei jokaikistä sanaa tarvinnutkaan osata, mitä sitä turhia stressejä hankkimaan. Töissä hän selvisi hyvin, kun piti vieraskielisiä todistuksia lukea, ammattisanasto oli hallussa ja se riitti. Englannilla pärjättiin, espanjallakin sen verran, että sai viinilasin tilattua etelässä. Hymy tarjoilijalle oli kansainvälistä kieltä. Markku ei välittänyt etelänmatkoista. Se viihtyi erämaissa ja omalla mökillä. Enintään kaupunkilomille suostui lähtemään. Töissään se joutui matkustamaan ihan riittävästi, siksi se ei oikein tahtonut minnekään. Mökille vain, aurinkorannoille ei suurin surmin. Ei halunnut kasvattaa hiilijalanjälkeään. Siinäkin nyt oli olevinaan syy. Mitä sitä yksi ihminen tässä mahtoi. Mutta Markku oli sellainen maailmanparantaja. Aina se oli sitä ollut. Ei kai hän sitä pakottamaan, olkoon, tylsimys.

Eija vilkaisi, mitä Suomi24:n keskusteluissa oli meneillään. Ihmissuhteet-osio oli se mielenkiintoisin. Hetken hän surffaili keskustelusta toiseen. Pisti muutaman rivin kommentinkin menemään onnettomalle nimimerkille Pettynyt pikkurouva. Lohdutti, että ei kannattanut välittää, jos mies ei oli muuttunut lasten tulon jälkeen. Sellaisia ne olivat, se oli vain kestettävä.

On oltava itsenäinen, otettava ilo irti sieltä, mistä niitä murusia tipahteli. Nimimerkiksi sopi "Kokemusta piisaa". Voi hyvä sylvi, murheet ne oli niin monimuotoiset ja silti aina vaan samat! Keskustelupalsta tulvi lasten- ja koirankasvatusta, kauneusleikkauksia, Kotikadun viimeiset käänteet, liikennelaitoksen törkeät suunnitelmat, Urpilaisen nykyinen look (oliko ilme jo liian ylimielinen, kiristivätkö vaatteet, kun niin näytti pönäköityneen. Kohtahan se oli kuin nuorempi painos Angela Merkelistä!), oli otettava kantaa, kantaa oli otettava. Näytön ylälaitaan pukkasi mainosta: etsi sinkkuja lähiseudultasi! Pitäisköhän katsoa, siltä varalta, että Markku kuukahtaisi. Ei Eija sitä toivonut, hyvä luoja, eihän nyt sellaista sentään! Hyvä mies se oli. Oli oli, toki, ykstotinen vähän, tai aikalaillakin, jos ihan rehellisiä oltiin. Säpinät oli aikoja sitten säpinöity, liekö sellaisia ikinä ollutkaan. Antaa sen nyt vaan nauttia ihan omassa rauhassaan siellä mökillä: istuu saunalla, sovittelee lisää klapeja uuniin, ottaa kaljan tai pari. Pähkäilee maailmanmenoa, miettii, millä ruokkisi kehitysmaat ja poistaisi taudit ja sodat. Plaraa sitä aina mukana seuraavaa talouslehtipinoaan, tihrustaa huonossa valossa yömyöhään kuivia kirjojaan, puhisee itsekseen ja kirjoittaa läppärille muistiinpanoja seuraavaa esitelmäänsä varten. Globalisaation ongelmista tai markkinoinnin eettisyydestä. Mikäs, saahan sitä. Mutta onnelliseksi sellaiset ajatukset eivät ketään tee. Ei maailma siitä muutu, ihminen ei koskaan todellisuudessa muutu, ahneus vie kaiken. Kateus ja ahneus. Hulluksi sitä tulee, jos koko ajan vain moisia ajatusvirtoja seurailee. Eija halusi iloa elämään, Eija halusi juhlia, laulaa ja tanssia. Onneksi Markku ei yrittänyt saada häntä lähtemään sinne ankeaan, alkeelliseen mökkiin. Vielä oli kevätkin vasta niin alullaan, rötiskö oli talven jäljiltä kylmä ja kostea. Eija ei todellakaan ollut mökki-ihmisiä. Puutarhanhoitokaan ei suoraan sanottuna kiinnostanut pennin vertaa. Ehtisihän sitä sitten kesällä valmiit kukat ostaa ja emäntää leikkiä, kun Suvi ja Iiro tulisivat. Ja muut vieraat.

Maija-sisko ainakin olisi tulossa, niin kuin joka kesä. Aina oli oltu juhannuksena jommankumman mökillä, teillä tai meillä. Mutta kun Heikki oli kuollut ja Maija oli jäänyt yksin, se oli tahtonut mieluiten tulla heille. Juhannuskokolle. Sanoi, että ikävä ottaa enemmän koville siellä omalla rannalla. Pitäisköhän nyt soittaa sille, kun se oli niitä tuloksia odottamassa? Mutta kaipa se itse soittaisi, jos olisi jotain hälyttävää. Rintasyöpä, ultrassa oli ollut jotain. Noh, ei kai se mitään. Ovat vaan tarkkoja, ainakin olevinaan. Rintasyöpä, ei kai se nyt ihan tuosta vaan ilmaantuisi. Odotetaan nyt vaan ihan rauhassa. Juhannuksena sitten tavataan. Heikki oli ollut sellainen nipottaja. Aina jotakin vialla, narisija pahimmasta päästä. Sellaisen ukonkäppänän rinnalla jos minkinlaiset syövät kehittyivät. Maijalle oli hyväksi kun mies muutti rajan taa, pääsi siitä eroon. Tai ei kai sitä niin voi sanoa vainajasta. Noloa, mutta sellaista oli kai lupa sentään edes ajatella. Että ihminen oli ollut nipottaja. Ei Markku ollut sellainen. Hajamielinen se oli ja pitkästyttävä. Mutta kyllä Markku muuten oli ihan tolkun ihmisiä. Ei ollenkaan kuin Heikki tai se sen oman siskon mies, Antero. Mikä nyhverö! Eikä ollenkaan sellainen kuin tuo naapurin jyrä. Paatelaisen Pentti. Huutaa ja mekastaa vaikka vain päivää sanoisi. Ystävällinen kyllä, mutta kailottaja. Hanna on varmaan kyllästynyt, mutta se on itse taas sellainen juoruämmä, että kestäköön ukkonsa. Markku oli ihan sopuisa, sellainen tavallinen. Tavallinen, tasapaksu, mitäänsanomaton. Aina töissä, kotonakin uppoutunut papereihinsa ja kirjoihinsa. Tietokoneen jatke. Eijalla oli paljon pohdiskeltavaa siinä sohvalla, viini vauhditti ajatukset mukavasti lentoon .

Hän vaihtoi cd:n ja antoi Leonard Cohenin pökerryttävän äänen vakuuttaa, että tämä oli hänen miehensä. Siinä tyypissä sitä riitti charmia! Lasi oli tyhjentynyt itsestään, edessä oli viinipänikän kulmanleikkausoperaatio. Uutta pakkausta hän ei sitten tänään avaisi. Vaikka toisaalta, kello ei ollut vielä seitsemää, viikko oli ollut tavallisen raskas. Loppukevät tuotti ihan valtavasti töitä. Kevät ja syksy, pahimmat. Tai mahtoiko nykyisin enää voida erotella vuodenaikoja; kansainvälistyminen, tuleva yhteishaku, kaikki uusi byrokratia, vuosisuunnitelmat, tilastot ja selvitykset, lisää töitä, vähemmän väkeä. Viini oli paikallaan. Hyvä cabernet. Eikä hänen nyt paljoa tarvitsisi ottaa. Kyllä Eija oli viinitilkkansa ansainnut. Esimiehen iänikuinen valitusvirsi korvissa – ei se häneen ollut tyytymätön, ihan vaan kaikkeen, omiin pomoihinsa, politiikkoihin, hallitukseen, henkilökunnan ravintolaan, kiinassa tehtyihin tuotteisiin, bensan hintaan, perusnegatiivinen jäkättäjä ja puhelias kaikenlisäksi, aina äänessä. Kun hän tänään oli sulkenut oven peräänsä, oli hän ajatellut, että nyt on enemmän kuin paikallaan irrottella. Yksin kotona! Markku olisi jo varmaan häipynyt kun hän tulisi, hyvin voisi kiertää Alkon kautta ja ostaa pänikän sekä Valintatalosta vähän suklaata ja jugurttia iltaruoaksi.

Puhelin soi. Suvi. Jos ei vastaisi, se kun aina valitti jostakin. Eija huokasi ja vastasi, olihan hän kumminkin perustunnollinen. Äidin osa.

"Mitä kuuluu? Missä olit? Yritin aiemmin, mutta et vastannut", tytär aloitti hyökkääviin äänenpainoin.

"No, mitäs, perjantai… Isä on mökillä…"

Odottamatta Eijan lausetta loppuun Suvi jatkoi: "Niin, enkö muka muistaisi. Mutta on mulla asiaakin. On itse asiassa kauheita uutisia!" Äänekäs nyyhkäys perään.

"No mikä, mitä kauheeta? Mitä on sattunut? Voi hyvä luoja."

Suvi huokasi toisessa päässä, ikään kuin kyllästyneenä Eija reaktioon. Mitä se odotti? Ensin kuuluttaa, että jotain on tapahtunut ja sitten ei saisi siitä sanoa mitään? Miten sille oikein pitää puhua? Eija oli heti varuillaan.

"No etkö nyt muista, tänään olin siellä tutkimuksissa."

"Ai niin…", Eija joutui kelaamaan hetken. Jokaisella noita tutkimuksiaan. "No, mitä ne sanoi?" hän kysyi epävarmasti. Tytär puhui niin paljon ja töksäytteli asioitaan, ettei hän aina jaksanut pysyä kärryillä.

"Et muista ollenkaan vai?" tuli luurista kärkevästi.

"Juu, totta kai, olit tutkimuksissa, kun…"

"Niin, noh? Mitä kun?" Suvi kuulosti ala-asteen opettajalta, sellaiselta, joka tivaa ja kuulustelee. Sellaiselta, joita ei nykyaikana enää toivottavasti ollut, sellaiselta, joiden takia lapsukaiset itkivät iltaisin peiton alla. "No minäpä vähän kohentelen sitä muistia. Vai ootko jo ottanut niin paljon vinkkua, että ei enää mene edes välimuistiin saati sitten kovalevylle?"

"No en oo, mikä ryöpytys tää nyt on?"
Suvi siirtyi sitten ilman enempiä kommentteja asiaan: "Selvisi, että lapsenteko saa unohtua." "Ai noinko nyt vaan? Lapsenteko." Eija huokasi äänettömästi. Ei tässä nyt jaksaisi tuollaisia. "Niin niin, sinähän aina vihjaat, että koska niitä töppösiä saa alkaa virkata. Niin kuin muka osaisitkaan. Mut onpa nyt niin, että voit vaikka virkata niille Nälkämaan lapsille, niin kuin siskos.

Mut mun lapsille ei ole tarvis, syntymättömien jalat ei palele."

"Mitä tuo nyt on? En kai minä nyt sellaista…Anteeksi vaan, jos olen jotenkin loukannut!" Eijan ääni nousi hieman, varsinkin anteeksi-sanan kohdalla. Mitä tyttären tuolla tavoin piti asiansa esittää!

"Olet takuulla ottanut? Kuulen äänestä."

”Yhden lasillisen olen, mitä sitten. Enkö saisi? Yhden lasillisen, rouva hyvä. Perjantaipäivän kunniaksi, jos olet unohtanut, minä olen työssä käyvä nainen, rankka viikko, tosi rankka viikko”, Eija kivahti. Hetken hän halusi painaa saman tien puhelimen punaista luuria. Veti sitten syvään henkeä ja kysyi korostetun ystävällisesti : ”Kerro nyt viimeinkin, mitä tarkkaan ottaen se lääkäri sanoi? ”

”Älä oo torvi, herrajumala! Mulla on syöpä! Munasarjasyöpä, ettäs tiedät. Tai lääkäri sanoi, että saattaa olla, jotain kasvainta ainakin. Saattaa olla. Kuulosti melko varmalta. Ja pahanlaatuista, se on ihan mahdollista...”

”No nyt liioittelet, ei kukaan lääkäri sellaista sano, jollei ole todisteita. Tee siitä ilmoitus. Ei sulla mitään ole, ei varmasti.”

”Mistä sinä se muka tiedät? Oletko muka lääkäri? Kyllä tämä lääkäri selvästi antoi ymmärtää, että munasoluja ei tule, kun munasarjat on vioittuneet.”

”Vioittuneet?” Eija räpläsi uutta viinipakettia auki. Mitenkä tyttären piti aina puhua hänelle noin haastavaan sävyyn. Itse asiassa Suvi ei koskaan puhunut hänelle niin kuin normaalisti ihmiselle puhutaan.

”Vioittuneet. Jotain polyyppeja tai sitä endometrioosia enintään. Ihan viatonta laatua. Ei kai syöpä iske molempiin puoliskoihin yhtä aikaa, se nyt olisi jo lääketieteellinen erikoisuus. Kyllä sinä nyt kuvittelet, tyttö hyvä. Eihän sulla nyt mitään oireitakaan ole, laihtumista tai sellaista.”

”Ai mä oon läski sun mielestä? Keneltähän lienevät geenit tulleet?”

Taivaan vallat, Eija huokasi. Nyt on Suvi-raukka tainnut lopullisesti seota. Olikohan sillä todella päässä vikaa, suuttui ihan tyhjästä, mikä tässä nytkin muka oli. Eija oli huomannut, että Suvi usein hakemalla haki aiheita, oikein tikulla etsi.

"Enhän minä mitään sellaista oo sanonut. Älä laps kulta ole noin pessimistinen, hermoista se vaan johtuu."

"Laps kulta… Hermoista johtuu…Ai mikä johtuu? "

"No se, ettei lapsia ole vielä kuulunut. Ettehän te olleet naimisissakaan vielä niin kauaa, ei kai sitä nyt heti kannata huolestua. Enhän minä mitenkään ole tahtonut hätyytellä. Teidän asianhan se on, ihan täysin. Teette lapsia, jos haluutte, tulevat, jos ovat tullakseen. Ehkä olen vahingossa kiusoitellut joskus, tarkoitus ei oo ollut, älä ota kaikkea aina niin kirjaimellisesti…"

"Ja paskat. Sun kanssa ei sitten ikinä voi puhua mitään! Kun minulla on ongelma, olet heti vähättelemässä. Lipitä sinä sitä viiniäsi siellä ihan rauhassa. Minä nyt vain satun tietämään, että minulla on syöpä. Melko varmasti. Mutta eihän se sinua liikuta, sehän on minun ongelmani. "

"Suvi kulta, älä viitti, totta kai minä välitän…" Eija oli saanut paketin auki, vaivalloisesti puhelin olkapään ja korvan välissä. Hajamielisesti hän kuunteli ja vastaili, tärkeintä juuri nyt oli, että viinipakkauksesta saisi lasiin täydennystä. "Odotas vähän." Hän joutui laittamaan puhelimen hetkeksi pöydälle. Nyt lasi oli taas täynnä. Lohdullisesti täynnä. Leonard Cohen lauloi olohuoneessa sitä ihanaa valssia "Take this walz, take this walz... I want you, I want you...".

"Kuuletko, miten ihan kappale tulee?" hän sanoi sitten puhelimeen.

" Ja paskat sun kanssas, äiti. Mä kuulen kyllä ihan jotain muuta, kuulen selvästi mitä sinä siellä teet."

"Mmm, kerro nyt, mitä se lääkäri oikeesti sanoi. Ihan tarkkaan."

"Joku toinen kerta, kun olet selvä. Jos nyt sellainen päiväkin joskus koittaa. Heippa."

Suvi katkaisi puhelun, noin vaan tuosta. Kylläpä se nyt ärhäkkä oli. Syöpä muka. Tuollaisia juttuja ja noin aggressiiviseen sävyyn. Aina se oli ollut tuollainen. Enempi se oli Markun tyttö, ollut jo pienestä. Markku jaksoi sen oikkuja. Väitti, ettei se ollut ollenkaan vaikea. Vielä mitä, vaikea se oli aina ollut. Ihme, jos Iiro jaksoi sitä. Saa nähdä, kuinka kauan. Mutta miehet ei huomanneet, ei Markku, ehkei Iirokaan. Iiro taisi olla samaa pataa tyttären kanssa, kai ne tuli juttuun sen vuoksi, tiedä häntä. Vai syöpä! Kattia kanssa. Siskolla syöpä ja tyttärellä toinen. Kyllä ne nyt molemmat kuvitteli. Ja hän tässä joutui sen raskaimman osan vetämään: sen kuulija osan, sen kaatopaikan osan. Olenhan minä olkapäänä, totta kai, mutta joku tolkku sentään. Suvi onnistui pilaamaan perjantai-illan. Eija tuhahteli itsekseen, enää ei tehnyt mieli tanssia.

Ei kannattanut välittää, tätä tämä elämä oli. Eija otti suklaalevyn kaapista, nyt sille oli tilausta. Levy toisessa kädessä ja viinilasi toisessa hän meni parvekkeelle. Parveke oli laitettu jo viikko sitten kuntoon, tuolin pehmusteet haettu kellarista ja amppeli ostarin kukkakaupasta. Jotain roikkuvaa lohenpunaista. Hän ei muistanut lajikkeen nimeä, se oli sellainen tavallinen, jokaisen parvekkeen vakiovaruste tähän aikaan keväästä. Lasissa oleva kynttilä palamaan, se rauhoittaisi. Pian ilta sitä paitsi tummuisi. Toppatöppöset olivat mukavan lämpimät, mutta ihan pian olisi saali haettava harteille. Nämä kevätillat haikailivat vielä talven perään. Päivällä oli jo lämmintä, mutta illat eivät tahtoneet periksi antaa.

Eija rapisteli suklaan auki. Siitä oli jo kauan, nyt oli pitkästä aikaa se hetki, se sininen hetki. Ensimmäinen rivi suli suussa melkein huomaamatta. Hän sulki korvansa ääneltä, joka tahtoi huomauttaa vyötärön ja lantion ympärysmitasta. Ei kai ne nyt yhdestä suklaasta, vaivaisesta sinisestä. Viini ja suklaa, perjantain pelastajat. Hän oli loputtoman kyllästynyt siihen, että mitään ei saanut syödä eikä juoda, aina piti bantata, kantaa huonoa omaatuntoa. Olohuoneesta kuului: "This walz, this walz, this walz, with it's very own breath of brandy..." enemmästä Eija ei saanut selvää. Aika lujalla oli soitin, hän tönäisi ovea vähän kiinnemmäksi ja taittoi suklaasta uuden rivin. Leonard Cohen olisi varmaan aika ihana mies. Vähänhän se oli kulahtaneen ja vanhan näköinen mutta seksikäs. Sitä se oli.

Heidän parvekkeensa antoi melkein länteen, se oli talon päädyssä, ylimmässä, neljännessä kerroksessa. Parvekkeen reunaa tavoitteli iso lehmus, jo täydessä lehdessä. Kevät tulee vauhdilla, kun pääsee alulle. Vihreys rauhoittaa. Täältä näkyi kauas, kattojen välistä siinteli meren selkä. Eija otti lasistaan ison kulauksen. Ilta ei ollut enää entisensä, mutta piti nyt vain ajatella positiivisesti.

Miten se Suvi nyt tuolla tavoin ärhenteli. Kuvitteli kaikkea ja sitten käyttäytyi kuin hän olisi syyllinen. Aina se oli ollut tuollainen, he eivät koskaan olleet ymmärtäneet toisiaan, oli se myönnettävä. Jo pienenä se oli ollut omituinen. Toista oli Maija-sisko, se oli aina niin huomaavainen ja lempeä. Jos sillä vaikka olisikin nyt sitten se syöpä – Eija kyllä epäili – ei se syyttäisi häntä. Maija oli hyvä ihminen. Maijalle hän soittaisi ja kysyisi, miten oli asiat. Olisiko Suvikin odottanut, että hän soittaisi? Ei kyllä ollut tullut mieleenkään. Sen reaktioista ei ikinä tiennyt, hänen soittamisensa olisi tulkittu miten sattuu, mistä päin juuri silloin olisi tuullut. Noh, eikä Eija ollut itse asiassa muistanut koko tutkimuksia. Hän nyt ei vain kerta kaikkiaan ollut sen enempää isoäiti- kuin äitityyppikään! Kaikki eivät ole, hän totesi taas niin kuin oli jo monesti itselleen todistanut. Lapset eivät ole hänen juttunsa.

Eija nousi hakeakseen puhelimen ja saalin. Ja tilkkasen täydennystä lasiin. Kynttilä savutti hiukkasen. Oli seissyt varmaan liian pitkään kylmässä. Hän avasi parvekelasia hiukan raolleen, että savu pääsisi ulos. Sitten hän kääntyi ja juuri kun hän ojensi kätensä ovenkahvaan, veto pamautti oven kiinni. Hän käänsi kahvaa, vaikka tiesi sen turhaksi. Ovi oli mennyt lukkoon. Ovi oli ennenkin tehnyt tämän, lukko oli vanhanaikainen. Se olisi pitänyt vaihtaa, mutta ensi vuonna taloon oli tulossa ikkunaremontti, ikkunat ja parvekkeen ovet vaihdettaisiin.

Eija tajusi välittömästi, että hän oli ansassa. Selkäytimestä se tieto lähti, samoin kuin se, että pitäisi soittaa. Huoltomiehelle, Markulle, Suville, jollekin. Jälkijunassa saapui oivallus, että puhelin oli sisäpuolella. Eija lysähti takaisin korituoliin. Onneksi lasissa oli vielä viiniä jäljellä. Oli otettava neuvoa antavat. Apua, hän ajatteli. Auta hyvä jumala, auta joku. Hän nousi uudelleen koettelemaan ovea. Yritti lonksuttaa sitä varovasti, sitten kovemmin. Istui sitten takaisin ja lohkaisi suklaalevystä kahden rivin verran. Haukkasi ison palasen viinin seuraksi. Batman ethän auttaa voi, hänelle juolahti mieleen säe Hectorin laulusta. Olohuoneessa Leonard Cohen lauloi odottavansa ihmettä: "Waiting for a miracle..." Se kuului oven läpi selvästi. Ihme olisi Batman tai Hämähäkkimies.

Alkoi naurattaa. Ilta viileni, viini oli lopussa, suklaalevykin oli jo miltei mussutettu. Nauratti. Ja itketti. Sisällä puhelin soi. Pitkään se soi, Eijalla ei ollut siinä vastaajaa. Pian se soi uudestaan. Vaativasti. Maijakohan se siellä? Vaiko Markku? Ja hän oli täällä vankina, hämärtyvän kevätillan vankina, katseli lehmuksen latvaa ja kaukaista merta. Mitenkähän ne murtautuvat ovista, tiirikoivat lukot auki käden käänteessä? Hiuspinnillä? Luottokortilla? Hänellä ei ollut kumpaakaan. Hän nousi ylös ja avasi parvekelasin kokonaan kurkistaakseen alas. Alakerran parvekkeiden lasit olivat kiinni, tällä puolen taloa ei ollut ketään. Eipä tietenkään, täällähän oli vain nurmikkoa ja pensaita, talon piha ja ulko-ovet olivat kulman takana.

Eija alkoi vasta pikkuhiljaa päästää todellisuuden tajuntaansa. Hän ei voisi olla parvekkeella koko viikonloppua, ei edes yhtä yötä. Miten tämä oli mahdollista? Miten tällainen asia pääsi tapahtumaan, mikä tarkoitus tällä oli? Miksi hänelle oli näin käynyt?

Puhelin soi taas sisällä. Voi, arvatkaa jo, etten pääse vastaamaan! Tulkaa hätiin! Tule Markku, Markku rakas, tule. Auta Jeesus.

Voisiko suklaalevyn paperista taitella jonkun tiirikan? Olisiko se kyllin jäykkää? Hän alkoi kääntää hopeapintaista paperia tiukaksi naruksi. Lopulta hänellä oli jonkinlainen työkalu, mutta se vaikutti aivan liian lepsulta. Pitihän se arvata. Viileys muuttui yhä hyisemmäksi tunkiessaan turkoosin oloasun sisään. Toisaalta iho muuttui nihkeäksi, kun epätoivo ja avuttomuuden tunne alkoivat saada ylivallan viinin ja suklaan aikaan saamasta mielihyväaineiden ryöpsähdyksestä. Älä mene paniikkiin, kyllä kaikki järjestyy, Batman, apuun. Entäs tuikkukynttilän kuori? Siitähän tulisi mainio ase, varmasti tulisi. Niksi-Pirkkaan vain ohje, maksoivatkohan ne jotain näistä kullanarvoisista neuvoista? Kynttilän kuoresta pankkikortin vastine tiirikointiin. Hän otti varovasti palavan tuikun lasista, irrotti siitä metallikuoren ja asetteli tuikun takaisin lasiin. Kuumaa steariiniä valui kädelle, mutta kynttilä ei sammunut. Hän alkoi taitella keskittyneesti kuorta, litistää sitä. Viimesilauksen antoi korituolin jalka. Kuori oli litteä kuin lantti, veneen muotoinen ja epätasainen, mutta litteä. Onnistuisko sillä painamaan lukon kieltä ja jotenkin söheltämään hopeapaperitikulla avaimenreiästä mystistä, piilossa olevaa lukon osaa alas- tai ylöspäin.

Homma ei onnistunut alkuunkaan. Hiotutti yhä enemmän ja hiki jähmettyi saman tien iholle, viileäksi nihkeäksi kerrostumaksi. Epätoivo kirveli silmäluomien takana, viini oli häipynyt päästä samaa tahtia kuin huulipuna huulilta.

Puhelin soi taas. Kuka siellä niin itsepintaisesti soittaa? Suviko se siellä? Suvi kiltti, tule äidin avuksi. Ei sinulla ole syöpää, ei ole. Minä hoidan sinut terveeksi. Ja saat vielä vauvan. Adoptoitukin olisi ihan ok. Ajatukset poukkoilivat edestakaisin samalla, kun hän yritti hivuttaa kynttilänkuorityökalua oven rakoon. Rako oli liian kapea, ei siihen olisi tainnut luottokorttikaan sopia. Eikä sen puoleen, mitä sillä luottokortilla sitten olisi pitänyt tehdä? Hän käytti sitä vain Stockmannilla. Amerikkalaiset lukot olivat erilaisia, luottokorttitiirikalle soveltuvia. Moneen kertaan hän oli välillä kurkkinut parvekkeelta, josko joku kiertäisi tälle puolelle. Miehethän saattoivat käydä vaikka asioillaan pensaiden juurella. Pissalla. Ne pissasivat jatkuvasti ulos, kun eivät sisään ehtineet. Mutta ei kai pissaavalle miehelle voisi alkaa huudella parvekkeelta. Sehän olisi perverssiä. Kun oikein kauas kurkotti, näki, että alakerrassa ei ollut valoa, ei ainakaan olohuoneessa. Varmuuden vuoksi hän huusi vienolla äänellä: ”Hei, hei siellä! Alakertalaiset? Hohooi!” Äänen volyymi tuskin olisi kuulunut alakerran parvekkeelle, vaikka siellä oltaisiin parhaillaan istuttukin perjantain vietossa.

Tämä oli kamalaa, kamalinta, mitä ikinä saattoi kuvitella. Miksi, miksi, miksi? Enkeli auta, Jeesus tule, en enää ikinä juo viiniä. Siitäkö syystä tämän minulle järjestit? Kumma, kun tuo vähäinen viininjuonti nyt niin synniksi luettiin joka puolella. Markku kiltti, rakas, tee jotain. Sun Eijas on täällä jumissa.

Kello oli jo puoli yhdeksän, uutisten aika, pian pimeys voittaisi hämärän. Kiivetäkään ei voinut, se oli pois laskuista ihan täysin. Ei ollut missään jalansijaa ja sitä paitsi hän pelkäsi korkeita paikkoja. Ei herrajumala, nyt oli huudettava. Oli huudettava tosissaan, vieno ääni ei auttaisi. Kun Eija pääsi vauhtiin, "apua" kaikui kovempaa ja kovempaa. Ensin harvakseltaan, odottaen vastausta, sitten moneen kertaan peräkanaa. Kuuliko kukaan? Sitä oli pakko huutaa. Lopulta, samaan aikaan kun alakerran parvekelaseja avattiin, ilmestyi kulman takaa Pentti Paatelaisen pyöreä naama.

"Kukas se täällä niin maar kauhiasti kailottaa?" jylisi Paatelainen alhaalla. "Mikäs se on ny hätänä, eikö pienempi ääni riittäisi? Eijakos se siellä?" Eija olisi voinut hypätä alas kuristamaan Paatelaisen saman tien. Mutta ei auttanut. Samaan aikaan alakerran parvekkeelta kurkotti vaalea nuori rouva. Eija oli joskus nähnyt tämän jonkun pienen räkänokan kanssa pihalla ja portaissa, muttei ollut tiennyt, että he asuivat heidän alapuolellaan. Yhtä aikaa hän selitti naapurille ja Paatelaiselle tilanteensa ja pyysi hälyttämään huoltomiehen. Alakerran nainen lupasi soittaa.

Paatelainen seisoi edelleen nurmikolla, Hanna oli tullut hänen vierelleen.

”No jopas sulla on kurja tilanne, ootko kauan ollut siellä?”, Hanna kyseli.

”Juhlat jäi kesken vai?” Pentti Paatelainen kuulosti ilkeältä naureskellessaan, yritti olla vitsikäs. ”Aijai, olitpa hölmö, kun päästit oven tuolla lailla rämähtämään. Se pitää kato laittaa takalukkoon. Jos ei lukon kieli pidä, teippaa vaikka. Ei sen oven tarvii lukossa olla. Kuka sinne teijän korkeuksiin nyt parvekkeen kautta tulis!”

Joku muukin jo kurkki uteliaana nurkan takaa. Pitikö Paatelaisen tuolla tavoin mesota. Kohta koko talo tietäisi Eijan ahdingosta.

”Näin on, näin on. En vaan huomannut, kun ei koskaan ennen ollut näin käynyt”, Eija valehteli. ”Olin parveketta laittamassa kevätkuntoon”, hän jatkoi valhettaan madaltaen ääntään. Paatelainen tuskin kuuli selitystä, mutta väliäkö sillä, apu oli tulossa. Alakerran rouva tuli ilmoittamaan, että huoltomies oli jo matkalla.

Eija hytisi kylmästä ja ryntäsi hakemaan saalia ja lompakkoaan, kun hän puolen tunnin päästä pääsi sisälle. Mikä helpotus. Nolotti kovasti, mutta tällaiselle ei nyt voinut mitään.

”En varmaan oo ensimmäinen, jolle on näin käynyt”, hän sössötti muka huolettomasti klanipäälle pojalle, jolla roikkui kettinki taskun ja vyötäisten välissä. Toisessa korvassa oli rengas ja suupielet olivat jähmettyneet ankaraan asentoon.

”Jeps, aina joskus sattuu. Nää vanhat ovet...Tekee sit neljäkymppiä, kakskymppiä ulko-ovi ja kakskymppiä partsa...”

Eija ähkäisi, mutta ei sanonut mitään. Hävyttömyyden huippu. Eikä kuittia tietenkään. Hän ei kehdannut kysyä. Kaveri meni ja Eija kiirehti keittiöön ottamaan lasillisen. Sitä ennen hän teippasi parvekkeenoven lukonkielen ja sulki oven. Jalkaan oli haettava villasukat, niin kylmäsi varpaita, vaikka oli ne töppöset jaloissa.

Kääriytyneenä saaliin hän avasi television ja istui sohvan nurkkaan puhelin kädessään. Kuka oli soittanut niin moneen kertaan? Maija ainakin oli ja sitten monta kertaa jostain tuntemattomasta numerosta. Se ei ollut kukaan hänen luettelostaan. Mikä ihmeen numero se oli? Markkinointia tähän aikaan illasta? Kaipa ne soittaisivat uudestaan, jos oli tärkeää. Hän painoi Markun numeron, piti saada kertoa mieskullalle tästä kauheasta koettelemuksesta. Pian jo naurettaisiin hänen seikkailulleen.

Hetkeen hän ei tajunnut, että Markun puhelin soi työhuoneessa, kirjoituspöydällä. Markku oli siis unohtanut puhelimensa. Miten hajamielinen se olikaan! Tyypillistä. Ärsyttävää. Koko viikonloppu ilman puhelinta, mikä typerys! Hän meni etsimään sitä ja siellähän se oli paperiarkkien alla, joissa oli miehen viimeisin artikkeliluonnos Kehittyvä tiede-lehteen. Otsikko oli "Raha poikii kolmannen maailman hädällä". Tekstissä oli paljon punaisella tehtyjä korjauksia.

Puhelimeen oli tullut viesti, parikin. Miten avuton mies, jos ei Eijaa olisi, se ei pärjäisi päivääkään. Eija avasi viestin – jos se oli vaikka jotain tärkeää – ja hänen sydämensä pysähtyi: "Rakas, en malta odottaa! Olen siellä tunnin kuluttua, laita sauna päälle ja kuohuviini jäihin!". Eijan polvia heikotti. Hän avasi edellisenkin viesti: "Et ois ihanammin voinut yllättää: vain sinä ja minä kaksin. Olin varma, että E tulee sinne ja pilaa mun viikonlopun. Fantastico!!! En pysy nahoissani, rakas."

Puhelin putosi Eijan kädestä samalla kun veri pakeni hänen päästään. Hän hoiperteli olohuoneeseen, lysähti sohvalle, täysin tyhjänä. Rakas, en malta odottaa... Pitää katsoa numero, kuka se oli. Kuka kehtasi... miten Markku kehtasi...Eijan puhelin soi. Sama numero, josta oli yritetty.

Naisääni sanoi soittavansa sairaalasta, sairaanhoitaja Kuusela. Hän tiedusteli oliko Eija Markun vaimo. "Älkää pelästykö, rouva, mutta miehellenne on valitettavasti tapahtunut onnettomuus. Hän on pudonnut katolta kesämökillänne, oli ilmeisesti ollut puhdistamassa saunan savupiippua, kevätkuntoon, näin minä ymmärsin naapurin puheista...Hän on tajuton, tuotu tänne noin tunti sitten. Naapuri tilasi ambulanssin. Tila on vakava, mutta vakaa. Jos haluatte, voitte tulla heti, mutta aamullakin kyllä ehtii, varmaankin ehtii. Ei pitäisi olla hengenvaaraa."

Eija tiesi, ettei mökillä ollut ihan lähinaapureita. Se nainen oli siis esittäytynyt naapuriksi. Ainoa ajatus, joka Eijan päähän mahtui kun hän tajusi, mistä oli kysymys, oli että se ämmä odotti turhaan sitä kuohuviiniään. Eijan suupielet venyivät leveään, kireään hymyyn.

Hän kulautti viinilasin tyhjäksi ja haki uuden. Sairaalaan? Hän hymähti niin, että se varmasti kuului alakertaan. Vai sairaalaan! Maijalle olisi soitettava, Maijalle voisi puhua. Jollekin piti nyt saada purkaa tätä oloa, selvitettävä ajatuksia, kelattava. Maija oli se ainoa.

"Eija, miten ihanaa!" kuului toisesta päästä.

Maija ei odottanut Eijan vastausta, vaan jatkoi: "Soitin aiemmin, luulin jo, että olette jossakin. Sinulle on pakko puhua, en tiedä, kenelle muulle, sisko. Taas kerran on tilanne se, että en pärjäisi ilman sua." Maija piti paussin, huokasi syvään. Eija pidätti hengitystään. Hän ei pystynyt vastaamaan yhtään mitään. Maija jatkoi alistuneesti, itkuisen oloisena: " Arvaat tietenkin, tulokset tuli sitten tänään: syöpä se on se pirun kyhmy, aggressiivinenkin kuulemma. Mutta ehkä ei ole vielä lähettänyt etäpesäkkeitä. Leikkaavat heti alkuviikosta ja sitten alkaa hoidot. Minä en tiedä, mitä ajattelisin, on niin sekava olo. Kun ei oo Heikkikään enää…" Maijan ääni petti. "Ihanaa, kun olet olemassa, Eija, ilman sinua en nyt juuri jaksaisi. Mutta Eija, mehän tiedetään, että kaikella on tarkoituksensa." Eijan hartiat alkoivat täristä itkun voimasta.

Maija hätääntyi. "Älä hyvä ihminen nyt noin, eihän tässä varmaan ole mitään hätää, rintasyöpä on nykyisin melkein läpihuutojuttu. Hoidot tepsii todella hyvin, kaheksankymmentä prosenttia on elossa vielä viiden vuoden kuluttua", hän alkoi selostaa innokkaasti, yrittäen kuulostaa reippaalta.

Eijan itku vaan yltyi, hän sopersi sisarelleen jotain käsittämätöntä, eikä huomannut, miten viiniä läikkyi turkoosille oloasulle ja vaalealle matolle.

Huhtikuun viidestoista

Inkerillä oli vaikea päivä. Olavin kuolemasta oli tänään kahdeksan vuotta. Tänään kaikki taas tuli mieleen, koko avioliitto. Milloin kaikki oli muuttunut vai oliko se koko ajan ollut sellaista? Tytöt eivät tietenkään muistaneet, kuka nyt olisi, omien kiireidensä kesellä. Eivätkä he olisi edes tajunneet, miten erikoinen päivä tämä oli Inkerille. Huhtikuun viidestoista. Tämä oli Inkerin oma juttu. Hänen täytyi mennä haudalle, bussilla Honkanummelle. Ostaa se kevätesikko, niin kuin joka vuosi. Ja hakea se sitten pois, kun se oli jo lakannut kukkimasta, tai paleltunut kevään viimeisissä yöpakkasissa, heittää siihen vihreäkantiseen roskasäiliöön, jonka päällä luki "kukat tähän". Kukat tähän. Niin kuin ne enää kukkia olisivat olleet! Kukkien raatoja ne olivat. Kuten ne, joille ne oli tuotu. Ei sitä voinut edes ajatella, mitä siellä Olavistakin oli jäljellä, mullassa. Kun ei ollut halunnut tulla polttohaudatuksi, typerä ihminen. Inkeri olisi tuhkannut, mutta tytöt eivät halunneet. Kun isä kerran oli sanonut, että ei. Mokomat letukat! - Ehkä olisi nyt jo lopultakin pitänyt ostaa tekokukka, nehän olivat nykyisin niin aidonnäköisiä. Ensi vuonna hän ostaisi, ehkäpä hän itse ei edes olisi täällä, vaan etelässä, lomalla.

Jo seitsemänä vuonna Inkeri oli mennyt bussilla Honkanummelle. Ei pyhäinpäivänä, ei jouluna. Vain tänään, huhtikuun viidentenätoista. Elämään sitä päivää, jolloin hän niin uskomattoman aidosti tiedosti, että nyt hän oli vapaa, lopultakin! Niitä ristiriitaisia tunteita.

Olavi oli näyttänyt vain nukkuvan, tv oli ollut päällä, kun Inkeri oli tullut sisään ostoskärryn kanssa. Täysi kassi, tyttärien perheet tulossa ylihuomenna lampaanpaistille, pääsiäistä viettämään.
Lapsenlapset ja vävyt. Etäisiä ja vieraita kaikki. Niin kuin tyttäretkin.

Iltapäiväteen kanssa Inkeri oli pyöräyttänyt sämpylät. Leipuri Hiivan Täysjyväsämpyläjauhoista. Kuohkeat ja maukkaat. Hän oli kiehauttanut veden, laittanut rooibossit hautumaan, pyytänyt Olavin pöytään, niin kuin aina iltapäivisin, joka ikinen iltapäivä neljän maissa.

Mies oli laahustanut keittiöön, istunut pöytään, ottanut vielä lämpimän sämpylän ja voidellut sen. Voi oli melkein sulanut pinnalle. Pari siivua edamia. Olavi ei tykännyt emmentaalista, oli mietojen makujen ystävä. Inkeri oli katsonut kohti, odottanut, että mies edes nostaisi katseensa. Ei, sitä tämä ei tehnyt, saati, että olisi maininnut jotain sämpylöistä. Ovatpa hyviä! Oletpa taas nähnyt vaivaa! Onpa mukavaa, kun jaksat ahertaa. Jaksat leipoa. Kyllä vaan nämä sinun tekemäsi ovat monin verroin parempia kuin ne kaupan muovi-

pussiin pakatut! – Ei, Olavi söi sämpylän, hörppi tee-
tään, söi toisen sämpylän. Nousi, mumisi mennessään,
että huilaan vähän. Huilaan. Viimeinen sana, jonka In-
keri mieheltään kuuli.

Hän oli istunut edelleen keittiön pöydän ääressä.
Pettymys oli kuristanut kurkkua. Kaikkien näiden vuo-
sienkin jälkeen se vielä kuristi. Lämmin sämpylä odotti
lautasella. Siihen hän oli sivellyt voita, se oli vieläkin
melkein sulanut. Hän oli katsonut Olavin perään ja aja-
tellut synkästi, myrkyllisesti: Kuole! Kuole! Hitaasti
hän oli juonut teensä ja syönyt sämpylänsä, kuohkean,
suussa sulavan. Mielessään hän oli kuullut naapurin
Sanelman sanovan tekopyhästi: "Ei se kiitä sämpy-
löistä, niitä kun ei ole rakkaudella leivottu." Inkeri oli
tuhahtanut ja pakottanut itkun takaisin sinne, mistä se
oli ulos pyrkimässä. Sitten hän oli tarkistanut ostoslis-
tansa, oliko siinä nyt kaikki. Hän oli noussut, mennyt
eteiseen, pukenut takin ylleen, ottanut ostoskärrynsä
naulakon alta ja lähtenyt kauppaan. Lähtiessään ei ol-
lut sanonut mitään, ei sanaakaan, pannut vain oven
kiinni ihan normaalisti. Kun hän oli palannut ostok-
siensa kanssa, oli hän pikku paniikin jälkeen hiljalleen
tiedostanut, että hänen toiveensa oli kuultu: hän oli
vapaa.

Kevätesikko haudalle. "Olepa hyvä, Olavi! Ei, ei tar-
vitse kiittää!" Näkisipä sitten Sanelma, se kyttääjä,
että homma oli hoidettu. Rakkaudella. Sitten Alkoon.
Pullo kuohuviiniä, niin kuin aina huhtikuun viiden-
tenätoista. Koko pullo hänelle yksin, terapiapullo, pa-
rasta lyhytterapiaa! Olavin kuoleman kunniaksi.

Sukkia Nepalin lapsille

Saimi pyyhälsi sisään. Huohottaen hän riisui vaalean poplarinsa, ripusti sen henkariin ja kurotti sitten henkarin naulaan. Hyvä että ylsi, Saimi kun oli pieni pituudeltaan, leveydestä sen sijaan olisi jakamista riittänyt. Hengästyneenä hän kääntyi huoneessa olijoihin päin ja kuulutti kovalla äänellä:

"Ehtoota kaikille yhessä ja jokkaiselle erikseen. Onpa siellä jo kesäistä, ihan tuo hikkee pukkaa. Huhhuh, vaan eipä auta, eipä auta, tervetulloo vaan kesä ja kärpäset!" Availlen villatakkinsa nappeja hän tuli omalle paikalleen, toisessa rivissä olevan pöydän päähän, ikkunan viereen. Löyhytteli villatakkiaan käsivarsiaan levitellen.

"Missäs Anni on? Eikö oo vielä tullut? Lupas tuuva miulle jottain sellaista uutuuslankaa, semmosta väriä vaihtavaa."

"Ei kait se nyt väriä vaiha, hyvä immeinen," sanoi Kyllikki silmien laskun ohessa. "Noh, nyt män sekasi, pitää alottaa alusta."

"Ottakkee kahvia, mie toin kahvikakkua, tänä aamuna leivoin", toimitti Riitta.

”Jo vain, jo vain”, Saimi sanoi. ”Kuhan nämä neulokseni tähän levittelen. Jaa, että kakkua vallan, kyllä kelpaa. En iltapäivällä hörpännytkään kahvetta kun tiesin, että martoissa saa. Se on niin, että liika kahvi ei oo hyvästä. Justiisa lehestä luvin, oisko ollut viime viikolla, että…”

”No, liika on liikaa, mutta kolme kuppia pittää juuva, pyssyy parkinssonit poissa ja tememtia. Näin on saletti”, tiesi Kyllikki. Hän laski silmukoitaan puoliääneen ja meni taas laskuissa sekaisin. Jupisi itsekseen, että nyt pitäisi pysyä hiljaa, keskittyä. Tekeillä oli villatakki lapselle, vauvalle.

Marttakerho kutoi tänä vuonna sukkia ja lapasia etupäässä Nepalin lapsille, Kyllikki teki kuitenkin tällä kertaa tulevalle lapsenlapselleen. Lanka oli vaalean vihreää.”Se on Riitta oikein tiikerikakun pyöräyttännä”, Saimi ihasteli sivupöydän luona. ”Kylläpähän sitä pittää ottaa, vaikka pitäis nuita kaloreita aatella.” Mutta väriä vaihtava lanka sen kummemmin kuin kahvinjuonti ei ollut nyt Saimilla päällimmäisenä mielessä. Sitä varsinaista asiaansa hän pidätteli vielä, ettei olisi vaikuttanut juorutädiltä.

”Ei sitä aina jaksa, männöö ikä ja terveys jos vaan alvariisa toppuuttelloo”, Riitta kommentoi.

”Niipä justiisa, nyt naatitaan”, Saimi huokaisi äänekkäästi ja haukkasi aimo palasen mehevästä kakkupalastaan. Silmät sulkeutuivat, antoivat suun nautinnolle enemmän tilaa.

”Naatitaan, tiikerikakku ja kahvi, onko onnea suurempaa”, Kyllikki säesti. Muut huoneessa olijat, neljä viisi naista säestivät hyrinällä ja puikkojen kilinällä.

"No, missä se Anni, lupas tulla", jäi Saimi vielä ihmettelemään, kurkisteli pihalle. Piha oli entinen koulun piha. Koulu oli sulkenut ovensa jo pari vuotta sitten, säästöt olivat pakottaneet alakoulun samaan rakennukseen yläkoulun ja lukion kanssa. Kuntalaisten vastustus oli kaikunut kuuroille korville. Nyt koulurakennuksessa toimi Yhdistysten Talo, Martat kokoontui pienemmässä kokoushuoneessa paitsi, milloin oli vuosikokous, metsästysseurat käyttivät rakennusta myös, samoin Yrityspalvelu ja muutama muu taho.
Itse asiassa entinen koulu oli saanut runsaan elämän kituvien vuosiensa jälkeen.

"Tiijättekö työ muuten…", sanoi Saimi ääntään madaltaen, päästen lopultakin asiaan, ", jotta Annilla assuu joku tyttö. Poikkesin toissapäivänä, siellä se oli. Semmoinen, tiijättehän työ, näitä nykynuoria. Renkaita naamassa. Hoppeeta vissiin, ilikeen näköstä."
"Mitä sie nyt puhut? Mikä tyttö? Annilla?" kyseltiin.

"No, kun ei se oikein sanonut, eihän se Anni… Sukulaistyttö kuulu olevan. Olkii se sen Piritan näköinen. Kaipa se sitten on sukua", Saimi huokasi ja pisti kakkua suuhunsa. "Eipähän se miulle kuulu… Mutta se sano, että kuulemma assuu nyt aikasa. Se lupas ottaa sen mukkaan tännekkii."

"Piritan, sen kuolleen tytön?"

"No ei, ko sen tytön."

"Eiku että oli sen näkönen, sen huumetytön? Jos se on joku siskon tyttö."

"Ei voi olla, ol liian nuori. Annin sisko taitaa olla
Annii vanhempi, ettekö työ nyt muista, Pielaveeltä."

"Se Annin tyttöhän kuoli jo, mitä siitä on, parikytä vuotta ainaski", Elvi tuumasi luokkahuoneen toiselta puolelta, silmät luotuina neuleeseen.

"Niin, johan siitä on aikaa, työ ette vielä tainnu assuukkaan täällä, Riitta ei ainakaan. Kuvakin Annilla on, piironkin päällä,"

Kaikki kuitenkin tiesivät, että Annilla oli ollut tytär, joka oli hairahtunut ja lopulta kuollut. Huumeiden orja! Jotkut olivat säälineen Annia, jotkut olivat olleet visusti sitä mieltä, että paha sai palkkansa. Anni oli kai ollut liian kova äiti tai tytär oli ollut huono jo alkujaan. Kuolemahan siitä seurasi. Ja häpeä.

Anni oli vähän erakko, ei paljon muualla käynyt kuin martoissa. Käsityöihmisiä ja kotitaloudessa ihan haka. Eikä sillä tainnut paljon muita vieraita poiketa kuin Saimi.

Samassa Anni kopistelikin sisälle. Suut napsahtivat kiinni. Anni ei sitä huomannut, hänellä oli muuta tekemistä. Ripusti palttoonsa henkariin, pöyhäisi vähän harmaata polkkatukkaansa, laittoi otsahiuksia pitelevän pinnin uudelleen. Mukana oli tämä puhuttu nuori tyttö, laiha ja kalpea. Marttakerholaiset kurkkivat vaivihkaa käsitöidensä yli. Kukaan ei virkkanut mitään. Tyttö oli itse asiassa melkein valkoinen kasvoiltaan. Kalpeutta korosti mustaksi värjätty tukka, toisen kulmakarvan ympäri kulki metallirengas ja ylähuulessa killui toinen. Silmät oli reunustettu mustalla. Tyttö katseli empien, vähän tylynkin oloisesti rouvakaartia neulomustensa ääressä. Ei nyökäyttänyt päätään.

”Päiviä vaan”, Anni tervehti vaisusti. ”Toin tämän mukanani, tuli opettelemmaan kantapäätä.” Hän viittasi vieraaseensa. ”Soon Oona, sukulaistyttö. Kaupungista. Käymässä.” Hän supisi jotain tytölle, tönäisi tätä kevyesti ja jopa nyökkäsi tyttö rouville.
Tulokkaat kolistelivat takimmaisen pöydän ääreen rinnatusten. Sieltä Oona katseli vuoroin sylissä olevia käsiään, vuoroin vilkuili rouvia varovasti alta kulmain. Anni puolestaan rapisteli kassistaan heidän eteensä pussukoita.

Huoneessa kaikui edelleen hiljaisuus. Se voitti puikkojen kilinänkin. Silmäiltiin naapuria, kohautettiin toista kulmaa, purtiin alahuulta, käännettiin neuletta. Joku rykäisi, Kyllikki aloitti alusta silmien laskennan. Mikä tyttö, mistä se Anni nyt tuollaisen? Eihän se ikinä mistään sukulaistytöstä ollut maininnut. Mutta Anni nyt ei omista asioistaan muutenkaan isompaa numeroa tehnyt.

”Juu, päiviä vaan”, sanoi Saimi ja muut mumisivat mukana.

”Kahvia,” kehotti Riitta miltei kimeästi katkaisten hämillisen tuokion. ”On kakkuakin eikä vaan pelkästään niitä ikkuisia lusikkaleipiä.”

”Että kantapäätä, sepä se. Ei taideta ennää koulussa opettaa”, Kyllikki parahti, kun oli tyytyväinen silmukoitten lukumäärään.

Oona ei ymmärtänyt, että hänen olisi kuulunut siihen sanoa jotakin. Hän ei yleensäkään ollut tottunut aikuisiin, ei varsinkaan tällaisena laumana ja kutimet käsissään.

”Ai niin, niitä lankoja Saimille, niitähän mie lupasin”, Anni jupisi ja kaivoi vielä laukkuaan. Saatuaan sieltä muovikassin esille, hän vei sen Saimille ja meni samantien ottamaan kahvia. Leikkasi kakusta itselleen ohuen siivun ja isomman tytölle. "Otaha siekii, hyvvää se on, Riitta on meijän jauhopeukalo."

Saimi toimitti sitten kiireesti, että oli tavannut kunnanjohtajan vastikään raitilla ja tämä oli ilmoittanut, että hallitus oli hyväksynyt kohtuullisen matka-avustuksen heidän Marttakerholleen, ja kun Martta-liitto vielä oli antanut myös pienen stipendin, niin heidän matkansa Nepaliin onnistuisi. Omaksi osuudeksi jäisi vain ja ainoastaan kolme ja puolisataa, jos lähtijöitä olisi esimerkiksi seitsemän, niin kuin oli ajateltu. Martat olivat jo kaavaillet, ketkä lähtisivät. Keiden elämäntilanne ja kunto sallisivat matkan. Reput täyteen sukkia sekä kunnan lahjoituksena vihkoja ja kyniä ja eikun menoks! Kauppias antaisi muovikassillisen karkkipusseja. Elokuussa sitten mentäisiin.

Oonan kädet hikosivat, kun hän yritti Annin ohjeistamana luoda silmukoita puikolle. Ihan alkoi tuskainen olo taas tulla. Mitä varten se nyt hänet tännekin piti raahata? Pakko oli vain yrittää. Alaluokilla joskus oli neulottu jotain patalappuja, silloin hän oli ollut aika hyvä. Äitienpäivälahjaksi, pienistä ruuduista. Se oli ollut silloin se. Äh! Nyt ei onnistunut, tuli ihan liian kireää, piti purkaa ja alkaa alusta.

"Ei tää onnistu, en mie ossaa!" hän kiukutteli supisten.

"Elä hermostu, anna mie näytän", Anni teki alun. Hän sipaisi hiuksiaan korvan taakse ja otti puikot käteensä. Liioitellen otettaan, joka sormi vuoronperään koholla hän opasti: "Kato nyt, näytän ihan hittaasti.

Tästä silmukan läpi koukkaat, näin piät puikkoja käsissäs, eivät silmät pääse karkuun. Pijät sen luodun silmukan tämän kokoisena, ei tuu liian kirreetä, eikä liian löysää..."

Oonan teki mieli paiskata puikot ja lankakerä pitkin pöytiä, mutta jokin pidätteli. Ehkä se oli tämä naislauma, joka uteliaana tiiraili häntä, ehkä se oli Annin rauhallisuus.

Tiesivätköhän nämä akat? Jos Anni oli kertonut. Olihan se takuulla. Mitä väliä! hän tuhahti mielessään. Paskat, tämmöinen tekopyhä ämmäkööri. Hänen mielensä sopukoihin alkoi kertyä tavanomaista aggressiota. Nyt jo melkein kolme viikkoa tämän hiivatin Annin luona ja vielä olisi yhdeksän ja risat. Ei ikinä, hän lähtisi kiitään alta aikayksikön. Paskat jostain valvojasta, paskat kaikesta.

Marttakerho oli jo aikoja sitten unohtanut, että Anni oli ryöstetty toissa vuonna. Yhtä sun toista oli uhannut samanlainen tilanne. Tai ainakin jotain tuttua. Tai tutun tuttua. Oli jokunen kaadettu maahankin, niin kuin Anni. Sairaalassakin oli jouduttu käymään, samalla oli löytynyt syöpä tai verisuonen tukkeuma. Niistä sitten päästiinkin mukavasti kertaamaan omaa sairaskertomusta ja päivittelemään toisten syöpiä tai infarkteja, verenpaineita ja diabeteksia. Ja Anni kun ei ollut niitä pahimpia omien asioidensa jauhajia tai suurentelijoita, niin Annin tapaus ei enää ollut ollut tapetilla pitkään herran aikaan. Oli kai Anni jollekin saattanut mainita, että nyt se on se hänen juttunsa oikeudessa, mutta kun ei itse tehnyt siitä numeroa, niin kuulija unohti asian pian. Vähäpätöinen juttu, enintään sellainen, että kuulija sai siitä kimmokkeen alkaa kertoa sisarentyttärensä perintöriitaa tai setänsä oikeusjuttua, joka oli alkanut siitä, kun naapuri oli mennyt kaatamaan kuusen sedän tontilta. Naapureita ja kyläläisiä kiinnosti toisen asia juuri niin kauan kun sillä oli uutisarvoa, niin kauan kun pääsi loistamaan olemalla ensimmäinen asiasta tiedottaja. Sen pitemmälle ei kiinnostus toiseen ihmiseen yltänyt. Omat asiat olivat ne tärkeimmät, maailma pyöri ihan tismalleen vain sen oman nenän ympärillä.

Niinpä Marttakerhon naisilla ei käynyt mielessäkään, että tämä salaperäinen Oona nyt olisi mitenkään tekemisissä Annin unohdetun ryöstön kanssa. Mikä lienee siskontyttö, tahi veljen. Eihän nuo tuollaiset tytönrääpäleet mitään olleet, reikiä kasvoissa ja väriä hiuksissa, elämänkokemusta ei pennin eestä. Kantapäätä opettelemassa!

Ei tiennyt Oonakaan, miten Anni oli asioita järjestellyt. Sovitteluistunnossa Anni oli halunnut puhua kahden kesken tuomarin kanssa. Oonan oikeusavustaja oli vaatinut päästä mukaan ja tuomari oli tietenkin tämän sallinut, vieläpä todennut, että se oli välttämätöntä. Ainoa, joka oli ulkopuolella, oli Oona. Niin, ja hänen äitinsä. Oonaa ei oikeastaan kiinnostanut ollenkaan, miten tässä kävisi. Ihan sama. Hän tiesi, että Nöbä ja Sari eivät olleet saapuneet istuntoon ollenkaan. Olivat luistaneet, heidän oikeusavustajansa pelkästään olivat paikalla. Miten hän olikin ollut niin tyhmä, että oli antanut jymäyttää itsensä tänne. Huonoa tuuria taas kerran.

Kaduttiko, että oli tuo ämmä kaadettu ja sen laukku viety. Mitä väliä? Ei sillä edes ollut siellä rahaa kuin joku hikinen viiskymppiä. Ei sellaisesta voi paljoa saada. Nöbä muka tiesi, miten sen pankkikortilla saisi massii. Ei vaan onnistunut. Olihan sitä muijaa potkaistukin, mut ei kai niin kovaa. Oliko se muka joutunut sairaalaan? Teeskentelijä! Hänkö se potkaisi vai Sari? Oona ei muistanut. Se oli ollut se kertaa, kun Sari oli juonut kaksi siideriä. Oli yököttänyt, kun ei ollut tainnut syödä pariin päivään muuta kuin palan pullaa.

Äiti oli istunut penkillä vähän matkan päässä, kun sitä tätiä ja tuomaria sekä niitä muita odotettiin neuvottelusta. Jurrissa selvästi vaikka yritti esittää selvää. Sellainen äiti oli, aina vähän maistissa. Jos ei paljon, niin ainakin ihan vähän.

"Saatanan aivokääpiö", oli äiti sähissyt rohkaisevasti.

"Vittu, pidä turpas kiinni", oli kuuliainen tytär lakonisesti vastannut.

Ovi oli avautunut ja sihteeri oli pyytänyt tyttären ja äidin sisälle.

Asia oli ollut niin, että kun Anni oli nähnyt Oonan ensimmäisen kerran tässä sovitteluistunnossa, hän oli unohtanut kaiken kohtaamansa vääryyden. Muutenkaan hän ei ollut kostonhaluinen ihminen, hän oli tuskansa elänyt ja kärsinyt, surunsa surrut, päässyt sovintoon itsensä kanssa. Tytärtä hän ei ollut osannut pelastaa, nuoruuttaanko vai kokemattomuuttaan vai oliko tyttären tie jo ennalta määrätty, kuka tietää. Tietysti Anni oli syyttänyt itseään. Oli mennyt ihan liian kauan ennen kuin hän oli tajunnut huumeet. Hänhän oli aina töissä. Ahneuttaan oli vielä tehtaan eineskeittiön lisäksi autellut asemaravintolassa. Niin, ahneuttaan. Näin hän sitä jälkikäteen kutsui katumuksen vallassa, mutta silloin se oli tuntunut yksinhuoltajalle välttämättömyydeltä. Saisi tyttö tulevaisuuden siinä missä muutkin ikäisensä. Ja hän ei ollut huomannut! Ei mitään epäilyttävää! Luullut, että tyttö pärjäisi, fiksu ja kaunis Pirita. Oliko sitä jatkunut kauan? Välillä tyttö liihotteli yläpilvissä, oli toiveikas ja positiivinen, välillä taas surkean masentunut. Hän, Anni, kuvitteli viattomuuksissaan, että tyttö oirehti vain samaa kuin nuoret yleensä. Epävarmuutta, pelkoa, uskonpuutetta. Se menisi ohi. Sitten kun Anni tajusi tilanteen ja kuvitteli vielä, että kun saisi tytön hoitoon, asia tulisi autettua. Miten sinisilmäinen hän olikaan ollut! Ja sentään melkein nelikymppinen! Kuusitoistavuotiaana Pirita kuoli yliannokseen. Kaupungista se oli löydetty, yhden omakotitalon yläkerrasta, missä jotkut huumenuoret pitivät majaa.

Oonan halveksivassa olemuksessa hän oli nähnyt Piritan. Anniin oli iskenyt salamana tieto että nyt hän voisi tehdä jotain. Oonan hän voisi pelastaa, Oonan hän halusi pelastaa.

Ehkä ei tarvinnut huumeilta, mutta alamäeltä, elämän varjopuolelta. Hän pystyisi siihen, nyt hänellä oli aikaa, nyt hänellä oli osaamista. Hän onnistuisi, se olisi hänen lopullinen synninpäästönsä epäonnistumisesta oman tyttären kohdalla. Taivas oli antanut toisen tilaisuuden, onneksi tuomarikin oli tajunnut ja uskonut. Yhdyskuntapalvelu Annin luona, kolme kuukautta, siitä oli sovittu. Annia auttamassa, kevätsiivous, ikkunoiden pesu, ruoanlaitto, kaupassakäynnit, pihatyöt, ullakon siivous. Anni pitäisi huolen, Anni vastaisi. Valvojalle pitäisi ilmoittautua joka ainoa maanantai, muuten olisi edessä laitos. Nuorisovankila, Oonahan oli jo melkein seitsemäntoista.

Pian martat taas olivat vauhdissa, puikot kilisivät ja juorut lensivät. Oona sai nyhertää rauhassa hikisen sukankutimensa kanssa. Itse asiassa, kun pääsi vähän alkuun, kutominen oli jotenkin kumman rauhoittavaa. Oli käsillä tekemistä, levoton olo hellitti. Alkoi tulla ajatuksia päähän.

"Kerroppas nyt ihan tismalleen, mitä se kunnanjohtaja sanoi? Oliko ne yksmielisiä siitä avustuksesta? Miettilän Aatos ei takuulla ollut puolesta?" kyseli Kyllikki Saimilta. Vaaleanvihreä nuttu oli edennyt jo kymmenen senttiä. Hän tiesi, että Aatos Miettilä piti tällaisia hyväntekeväisyyshankkeita akkojen puuhasteluna. Aatosta kiinnosti vain jäähalli ja pururadan kunnostus. Kyllikin mies oli myös valtuustossa ja oli osannut valistaa.

"Haenko mie siulle toisen kakkupalan?" kysyi Anni ystävällisesti Oonalta. Oona ei olisi jaksanut, hän ei piitannut syömisestä, mutta Anni oli niin ystävällinen, että tuntui oikealta nyökätä.

Oona oli jo kauan sitten päättänyt, että ottaisi pitkät Annilta heti kun kesä alkaisi. Nämä alkuviikot olivat sujuneet jotenkuten, koulua oli vielä. Bussilla oli ollut pakko mennä joka päivä, koulussa oli pakko näyttäytyä, se kuului sopimukseen. Illat ja yöt Annin luona olivat sujuneet jotenkuten. Anni halusi käydä läksyt läpi hänen kanssaan. Enää ei kyllä paljoa ollut, vähän niin kuin muodon vuoksi. Koulu loppuisi kokonaan. Yhteishaussa hän oli hakenut kampaajalinjalle, varalla oli lähihoitajan ammatti. Häntä ei kyllä kiinnostanut kumpikaan pätkän vertaa. Mutta pakko oli ollut hakea johonkin. Opo oli pakottanut.

"Siehän taijatkii olla melkonen haka englannissa", oli Anni tuumannut, kun oli englannin läksyä kuulustellut. Anni itse oli opiskellut jo useamman vuoden englantia kansalaisopistossa, sana kerrallaan oli tankattu, kankeasti kieli taipui.

Anni oli laittanut hänet myös kokkaamaan. Sitä hän ei ollut koskaan tehnyt, koulussa oli siitäkin laistanut. Kotona äidin kanssa ei syöty mitään. Leipää ja jugurttia. Pitsaa tilattiin ja hampurilaisella käytiin. Ei yhdessä. Yhdessä ei tehty mitään. Äiti kännäsi ja pelasi tietokonepelejä. Puolelta päivin meni baariin.

Mutta Annin luona oli toisin. Lihamakaronilaatikosta oli aloitettu. Ihan kädestä pitäen Anni oli neuvonut miten makaronit keitettiin, lihaliemessä, miten jauheliha paistettiin ja sipuli. Se piti pilkkoa ja silmiä kirveli. Valkosipulia laitettiin ja pippuria. Munamaitoa. Ihan ihmeellistä, että hän oli osannut! Oli tullut ihanaa lihamakaronilaatikkoa. Hänen tekemäänsä. Ihan superihmeellistä.

Kumma juttu, että Anni oli niin ystävällinen. Mitähän se hautoi? Jos se oli murhaaja, järjesteli jotain hänen päänsä menoksi? Täytyihän sen olla katkera, sellaisia ihmiset olivat.

Ne eivät tajunneet, että jos et sinä potki, niin minä potkin senkin edestä. Paljoa ei puhuttu. Hän ei ollut kysellyt mitään ja Anni oli melkein tuppisuu. Kai se jotain mietti, kohta aloittaisi saarnansa tai jotkut hiivatin kostotoimenpiteet. Nyt se ei vielä voinut, kun koulu oli kesken. Mutta sen jälkeen! Jos se vaikka lukitsisi hänet kellariin, veisi sillä vanhalla Datsunillaan valvojan luo ja vannottaisi olemaan kertomatta mitään. Henkeä uhkaamalla. Sama se, vaikka tappaisikin, mitä väliä.

Oonalla oli oma huone. Tytön huone. Pastellivärejä. Oona ei tykännyt. Kotona äidin kanssa hänellä oli myös oma huone. Äiti nukkui olohuoneessa. Kotona hänellä oli bändien kuvia seinillä ja musta päiväpeitto. Pelikorttiverhot. Muovipääkalloja roikkui langoissa verhotangosta. Täällä oli kukkia verhoissa ja pehmeä tikattu päiväpeitto. Vaaleanpunainen. Olikohan tämä ollut sen tytön, jonka rippikuva oli piirongin päällä. Sen, joka oli Annin näköinen. Täytyi olla tytär tai joku kummityttö. Varmaan aikuinen jo, muuttanut pois, jos yleensä oli täällä ollutkaan. Asui jossain timbuktussa eikä käynyt Annia katsomassa. Eikä soittanut.

Ja hänkin lähtisi. Sitä paitsi tämä Marttakerho oli se viimeinen pisara.

Marttakerho! Tästä ei ikinä voisi porukoille kertoa. Lapsen sukka, jonnekin tiibettiin tai sinnepäin, hän tässä tätä nyt kutoi. Kilikilikili, sanoivat puikot. Oonan päässä pyörivät ajatukset ja suunnitelmat. Nöbä oli saanut linnaa, se ei ollut ensikertalainen, Sarille oli tullut ehdonalaista. Tyhmiä molemmat, että olikin pitänyt pyöriä niitten kanssa. Nöbä olisi ollut kiva, mutta aina juomassa. Aina kännissä. Ja olihan sillä muutakin, oli Oonallekin tarjottu. Hän ei uskaltanut, ei tehnyt mieli. Ottihan Oona yllä itsekin vähä siideriä, mutta viina ei ollut hänen juttunsa. Tuli äiti mieleen. Sellaiseksi kuin äiti hän ei ikinä tulisi. Ei ikinä! Pitäisi päästä Ruotsiin. Eikun Tallinnaan. Sinne pääsi halvalla, siellä varmaan voisi kehitellä jotain. Viisi euroa menomatka, sitten voisi katsoa jatkoa siellä. Nyt vaan pois tuon vanhan naisen luota, valvojasta viis, ei häntä kukaan löytäisi. Unohtaisivat pian.

"No hyvän alunhan sie siihen sait", sanoi Anni tarkastellen sukanvartta. "Nyt myö jätetään se loppukantapää kottiin ja lähetään tästä sopan lämmitykseen." Hän pakkasi neulomukset kassiinsa.

"Se onkii jännittävä yksityiskohta, se kantapää. Pikkulasten sukat on ko karamelleja", Saimi toimitti takkiansa napittaen. Hän oli kuullut, mitä Anni oli sanonut Oonalle. "Kiitosta vaan, Anni, langoista, mie korvaan kyllä. Hienoja tulloo miunkii sukista, vaihtavat värrii ihan tavantakkaa", häntä ihan hihitytti.

"Voinks mie pistää tuon kakunlopun teijän mukkaan. Jos tyttö vaikka syöp ko on niin laiha", kiirehti Riitta. "Eihän täs oo ko muutama palane."

"Ai, eikö se ny sulla ittelläs… No, mikäs, kaipa se meillä männöö, jollet tosissaa ite huoli", Anni vastasi. Hän kuvitteli, että Oona olisi ilahtunut. Oonaa yökötti.

Saman viikon torstaina loppui koulu. Olisi ollut vielä kevätjuhla ja päättäjäiset, mutta niihin Oona ei aikonut mennä. Vaikka oli niin, että peruskoulu oli kokonaan ohi. Päättäjäiset eivät kiinnostaneet. Koulunkäynti olisi hänen kohdaltaan ohi. Mielessä oli Tallinna. Sieltä takuulla löytyisi jotain. Tarjoilijan tai myyjän hommia ainakin. Jotain. Pitää nyt ainakin katsastaa. Oonaa ei huolettanut tämä tuomio. Mikä tuomio?

Haloo, voiko tällaista kokkausta ja siivousta nyt tuomiona pitää? Ihan leikkijuttu. Feikkituomio. Tekikö joku muka oikeasti tällaisesta jonkun numeron? Olivathan ne tolkuttaneet, varmaan viran puolesta. Anni vain ei saarnannut, ei kai sekään siis pitänyt tätä minään. Hautoi vain omaan kostoaan. Se olisi takuulla karmea. Ryöstöstä ja potkimisesta. Sairaalareissusta. Jonkun kerran Oona antoi periksi ja tunnusti mielessään, että hän oli ansainnut rangaistuksen. Ankaran rangaistuksen. Hän ei ollut hyvä. Hän oli perin pohjin paha, ollut jo syntymästään saakka. Siksi hänestä ei pidetty. Kukaan ei välittänyt, eikä tarvinnutkaan. Ei hän itsekään olisi välittänyt, jos hän olisi ollut äiti tai vaikkapa opettaja. Hänenlaisestaan ei kuulunut välittää, eikä voinut. Sellaisen ajatuksen alla hänestä tuntui, että hän luhistuisi. Sellaiset ajatukset tekivät hänet vihaiseksi.

Torstai-aamuna Oona pakkasi reppunsa täyteen kamaa, niin paljon kuin mahtui. Loput muovikassiin, jonka hän salakuljetti jo edellisenä iltana ulos, pensaan taa piiloon. Vetolaukku sai jäädä ja jotain tarpeetonta krääsää. Pitäköön Anni. Ja haistakoon huilu kaikkine sukan kantapäineen ja siskonmakkarakeittoineen.

Anni odotteli. Tytön olisi pitänyt tulla viimeistään neljän bussilla. Huomenna olisi kevätjuhla. Erityisen juhlava tilaisuus koulunsa päättäville. Vaatteet oli jo katsottu valmiiksi. Tunika ja minihame. Pitsilegginsit. Anni pyöräytti salaatin jo valmiiksi. Kunhan Oona tulisi, paistettaisiin kanafileet ja keitettäisiin riisi.

Missä se viipyi? Anni kurkisti vähän väliä ikkunasta. Anni oli jo miettinyt, että jos yhteishaku ei onnistuisi, niin hän panisi Oonan kymppiluokalle. Se olisi parasta käydä varmaan täällä, omassa kunnassa. Olisi ihan erilainen meininki kuin kaupungissa. Itse asiassa kymppiluokka olisi paras ratkaisi kaiken kaikkiaan. Saisi Oona miettiä rauhassa, parantaisi numeroitaan. Ei se mikään tyhmä tyttö ollut, ikää piti vain tulla vähän lisää ja ympäristön vaihdos tekisi terää.

Kello tuli viisi. Anni istui keittiön ikkunan ääressä ja tähysi tielle päin. Kumma hytinä, hermostutti. Kuudelta hän nousi ja pani salaattikulhon jääkaappiin. Sitten hän meni katsomaan tytön huonetta. Vaatekaapille. Osa vaatteista oli poissa, osa riippui edelleen hengareissa. Uusi tunika oli poissa, samoin minihame. Nyt oli soitettava! Anni ei halunnut kytätä, Anni halusi tehdä kaikkensa luottamuksen eteen. Mutta nyt oli pakko. Toivottavasti se ei ollut jäänyt minnekään huonoon seuraan. Sen toisen tytön kanssa… Kai se ymmärsi, että sen oli tultava. Sillä oli iltavelvollisuuksia. Sillä oli velvollisuus! Se oli yhdyskuntapalvelussa eikä missään täysihoidossa. Samassa hän näki Ikkunasta, että jotain pilkotti pensaan juurella. Hän ryntäsi ulos ja löysi muovipussillisen vaatteita. Oonan uusi minihame! Ja pitsilegginsit! Anni tunsi, miten sydän alkoi hakata, kiukku pyrki vähitellen huokosiin. Ihan niin kuin oli ollut Piritan kanssa. Nyt piti hengitellä.

Oona ei vastannut puhelimeen. Anni oli neuvoton. Seitsemältä hän ajatteli, että olkoon, hän oli erehtynyt, menköön tyttö sitten sinne vankilaan. Kaipa se siperia opettaa! Kahdeksalta hän istui keittiön pöydän ääressä tuijottaen hämärtyvään iltaan. Salaattilautanen edessään, siitä hän nyppi tomaatinpaloja suuhunsa. Hän oli soittanut Oonan puhelimeen jo ainakin seitsemän kertaa. Päällä se oli, kerran oli ollut varattukin. Olikohan se mennyt kotiinsa? Jos se oli siellä sen kelvottoman äitinsä luona. Anni päätti, syteen tai saveen: hän soittaisi sille naiselle. Jossakin se numero oli niissä oikeuspapereissa. Puhelimeen vastattiin jostain meluissasta paikasta. Nainen oli kapakassa. Tietenkin, miksei olisi ollut. Ei tiennyt mitään Oonasta, eikä ollut niin väliksikään. Hänellä ei ollut tytärtä, lopetti nainen dramaattisesti.

Torstai-ilta. Anni puki kevättakin ylleen ja lähti ulos. Datsun käynnistyi vaivatta, eihän ollut enää kylmä. Nenä miltei kiinni ratissa hän huristeli kaupunkia kohti. Onneksi ei ollut pahasti liikennettä. Kaupungissa hän kävi harvoin autolla, vaikka matkaa oli vain nelisenkymmentä killometriä. Eipä hänellä usein ollut muutenkaan asiaa kaupunkiin. Hän pysäköi linjaautoaseman kupeeseen, siellä oli tilaa. Anni kulki koko kaupungin läpi, moneen kertaan, aseman tienoon, ostoskeskuksen, kävelykadun. Uudestaan ja uudestaan. Tytöstä ei näkynyt jälkeäkään vaikka hän tarkkaan katsoi jokaisen nuorisoporukan. Jostakin huudeltiin: Mitäs se ämmä siinä tiiraa? Ooks sä joku sossun täti, vai?

Perjantaina Anni oli kuin kuumeessa. Viha oli haihtunut, jäljellä oli vain huoli. Oona ei ollut saapunut vielä iltapäivään mennessä. Kevätjuhla oli jo ajat sitten ohi.

Nyt ainakin pitäisi jo tulla. Oona ei vastannut puhelimeen, mutta puhelin oli päällä. Varattukin välillä. Mitä hän nyt tekisi? Poliisille ei voinut ilmoittaa. Hän oli tarkastanut kaikki Oonan tavarat ja nähnyt, että hammasharjakin oli kadonnut, meikit olivat kadonneet, alusvaatteet myös, osa niistä tosin oli löytyneessä muovipussissa. Mitähän se sen oli piilottanut pensaaseen? Hakisi myöhemmin? Vai oliko vain unohtanut? Anni käveli ympyrää kodissaan. Olohuone, keittiö, Oonan huone, eteinen, oma makuuhuone. Hän istui sängyn laidalle neuvottomana. Saimi soitti ja höpötti niitä näitä. Langoista ja matkasta. Lopulta kysyi, miten se tyttö voi. "Iinako se oli sen tytön nimi?" Anni korjasi, että Oona. Hänestä tuntui, että Saimi kärtti tietoja. Turhaan kärtti.

Kun neljän bussi oli tullut ja mennyt, hän ei enää malttanut. Lämpimät vaatteet päälle, varmuuden vuoksi. Ilma oli kyllä melko lämmin, mutta illemmalla viluttaisi. Sukkahousut pitkien housujen alle, laamapaita puseron alle ja sitten takki. Huivikin varmuuden vuoksi mukaan. Jos vaikka joutuis kauankin etsimään. Taas sama kierros, auto parkkiin linjaautoasemalle ja siitä jalkaisin tyttöä etsimään.

Kävelykadun päästä hän näki muutamia nuoria norkoilemassa omana ryhmänään puun ympärillä olevalla takorautaisella penkillä. Kännissä, koulun loppua juhlimassa.

Huomennahan se varsinainen humu alkaisi. Tuolla! Musta tukka! Ei, ei se ollut Oona. Pettyneenä hän käveli ohi, torille päin. Kioskin luona oli isompi lauma. Anni pysähtyi, hieraisi silmiään, siinä, siinä se tyttö lopultakin oli! Siinä oli Oona. Muutaman tytön ja parin selvästi juovuksissa olevan pojan seurassa isommasta sakista vähän erillään. Juovuksissa vaikka oli vasta alkuilta. Närkästys käväisi päässä, mutta sen syrjäytti ilo. Ilo ja toivo. Anni pysähtyi muutaman metrin päähän, Oona ei vielä nähnyt häntä. Muutama huomasi ja alkoi nauraa. Naurunremakka kohosi isommaksi.

"Mitä täti? Oot lähtenyt iltakävelylle!" huusi toinen pojista.

"Otakko pienet?" kysyi toinen ja ojensi olutpulloa. Kaikki nauroivat. Anni tuijotti Oonaa, joka kääntyi hitaasti katsomaan häntä. Oonaa ei naurattanut. Hän katsoi alta kulmain, jurotti, mutta oli selvästi kahden vaiheilla.

"Kuka tuo on, tunteeks se muka sut?" kysyi joku tytöistä. "Sua se tuijottaa, mikä vitun mummo se on?" Anni ei sitä kuullut. Anni näki vain Piritan, ja pian etääntyvän selän, kun hän ikuisuus sitten oli seissyt näillä main, samalla tavalla. Hän kuuli vain Piritan sanat. "Ala vetää akka, vittuakos siinä toljotat!". Se oli viimeinen kerta, kun hän näki Piritan elossa.

Eikä hän kuullut Oonan vastausta kavereilleen, kun tämä jupisi "Vittu!". Eikä jatkoakaan, kun Oona toppuutteli kavereitaan: "Hei älkää, se on mun mummo. Se on ihan ok. Mun pitää nyt mennä." Oona antoi kädessään olevan siideripullon yhdelle tytöistä, nosti reppunsa maasta, käänsi selkänsä kavereilleen ja tuli Annin luo. Mitään sanomatta Anni halasi häntä, eikä Oona vastustellut. He läksivät kävelemään nuorisojoukosta poispäin.

Kumpikaan ei puhunut mitään.

Oona olisi halunnut kysyä: "Miks sie tulit?" Jos hän olisi kysynyt, niin Anni olisi vastannut "Ko mie välitän. Mie välitän siusta, Oona. Sie oot tärkee." Kysymystä ei kysytty, eikä vastausta annettu, ne leijuivat ilmassa käsinkosketeltavina ja löysivät toisensa. Oona kipitti tottelevaisesti Annin vierellä. Hymy, harvinainen vieras hänen kasvoillaan, puski väkisin suupieliin .Ja kyynel silmäkulmaan. Autossa hän kuitenkin sai tokaistua: "Mut sinne Marttoihin en lähe!"

"Kyl sie lähet", Anni sanoi tiukasti, katse tiessä. Sitten hän pehmensi: "Siun pittää. Lähet nimittäin meijän kanssa elokuussa Nepaliin. Mie oon ilmoittanu, että sie oot tulkki, ko sie oot niin hyvä englannissa. Kukkaan ei ollu vastaan. Mie maksan siun ossuutes. Niin, että sukkaparin ois hyvä olla siihen mennessä valamis!" hän napautti muka ankarasti. "Oot siekii sitten saanut jottain niille polosille tehtyä", Anni jupisi vielä vähän tohkeissaan ja ohjasi Datsuniaan nenä melkein ratissa kiinni.

Nyt mentiin kotiin.

Vihreä takki

M ummi voivotteli, että väsyttää niin. "Pitää mennä vähän pötkölleen", se sanoi.

"Talviunille", se sanoi. Ainahan se voivotteli, mutta eipä Nipa välittänyt. Vanhat oli sellaisia. Talviunesta haaveilevia. "Laita kaulahuivi ja pipo!", mummi huuteli, kun Nipa oli lähdössä.

"Ja avain, onhan avain kaulassa, onhan?" Joo joo, kyllä Nipa osasi. Osasi ja muisti.

Vakiasiakkaat tunsivat jo Nipan. Hän oli seisoskellut kuukausikaupalla iltapäivisin valintamyymälän postiautomaatin ja kärryparkin tienoilla. Nyt, kun koulu oli ohi, hän tuli töihin aikaisemmin. Joskus poika juoksi myös ulkona keräilemässä sinne tänne jätettyjä ostoskärryjä.

Se oli silloin, kun ne toisinaan olivat irrallaan, eikä panttia tarvittu. Nyt, kun nämä uudet aina vaativat sen, asiakkaat saattoivat sanoa Nipalle, että veisitkö tämän kärryn ja pidä se raha, "minulla kun on nuo jalat niin huonot". Sen oli Nipa kuullut monta kertaa. Huonot jalat. Nipan jalat olivat ihan hyvät. Ja hän oli vain hymyillyt, suu korvasta korvaan. Nipa hymyili aina. Mummi oli sanonut, että se tekee hyvän vaikutuksen. Mutta olisi Nipa hymyillyt muutenkin.

"Rahan tuloa ei voi estää!" huikkasi Taina kassalta, kun näki Nipan taas ansainneen kolikon. Nipa hymyili. Taina oli kiva. Ja niin oli Anna-Maijakin. Kaikki olivat kaupassa kivoja. Tai eivät ehkä ihan kaikki. Veikko oli torvi. Se toi mieleen Juuson koulussa. Juuso heitteli Nipaa lumipalloilla ja huuteli kaikkea rumaa. Juuso ja sen kaverit. Veikko vaikutti vähän samanlaiselta, vaikkei Nipa sitä osannut selittää edes itselleen. Sillä oli myös outo kampaus, toiselta puolen ajettu tukka kokonaan pois. Nipan mielestä tukka joko oli tai sitten ei. Vanhoilla oli eri juttu. Siis vanhoilla miehillä. Mummi oli sanonut, että tuo Veikon kampaus näkyi olevan muotia nuorison keskuudessa. "Haluisikkos sääkin sellaisen frisyyrin?", mummi oli naureskellut ja tönäissyt Nipaa olkavarteen. "Taitaisit haluta, vai?" Mummi aina kiusoitteli. Ei Nipa ollut siitä moksiskaan, kun mummi oli sanonut, että se oli leikkiä ja leikkiä piti kestää. –

Mutta kun Veikko kysäisi: "Mitäpä toope tietää?", ei Nipa tiennyt, mitä siihen sanoisi. Oliko se sitä leikkiä? Pitikö siihen jotain vastata? Varsinkin kun Taina oli sanonut Veikolle, että tämä ei saisi kiusata Nipaa. Se taisi olla sen kerran, kun Nipa oli tarttunut Veikkoa hihasta, vihreän takin hihasta ja Veikko oli nykäissyt itsensä irti sanonut jotain sellaista, että "Tsot tsot pentu, annahan sen pusakan olla. Se on katos mun työtakki, eikä sitä toopet näpelöi!" Oli näet se yksi iso asia: Veikolla oli vihreä takki. Naisillakin oli, mutta se oli eri asia. Nipalla ei ollut takkia. Oman pusakkansa hän riisui kauppaan tullessaan, samoin pipon ja kaulaliinan. Ne hän laittoi pusakan hihaan niin kuin mummi oli neuvonut ja pusakan sitten kauimmaisen ostoskärryn päälle. Pusakan alta paljastui vihreä villapaita, se oli se ainoa väri, jonka Nipa oli kelpuuttanut, kun mummin kanssa viimeksi kirpputorilta etsittiin Nipalle päällepantavaa. Vihreä. Melkein kuin kaupan työtakki.

"Tällaisenko sinäkin haluaisit?" kysyl Anna-Maija, kun näki Nipan katseen. Nipa vain nyökkäsi ja hymyile epävarmasti. Syrjäsilmällä hän näki, että ostoksiaan pakkaavalta sedältä putosi keppi. Nipa oli salamana paikalla. "...khaa yvä", hän huoahti ja ojensi vanhalle miehelle tämän keppiä. Mies kiitti ja nosti ostoksensa kärryyn, samoin kepin ja lähti rullaamaan kärryään ulko-ovelle. Liikkuminen ei ollut helppoa.

"Voi voi, ja autolla pitää vain edelleen ajaa..." Anna-Maija puisteli päätään. "Vaikka niinhän se on, tässä kelissä rollaattorilla ei paljon ulkona juhlita!" Nipa ei tiennyt, miten rollaattorilla juhlittiin.

Mummi ei koskaan juhlinut. Tai joskus harvoin, kun osti heille berliininmunkit ja keitti sitten kotona kahvit. "Ja nymme pojat ja tytöt juhlitaan", mummi sanoi silloin.

"Mites mummis jakselee? Hyvin vai? Laittoiko ostoslistaa mukaan?" Anna-Maija kyseli. Nipa mumisi vastaukseksi, että mummi nukkui talviunta, mutta Anna-Maija ei kuullut, kun hänen kassalleen tuli juuri uusi asiakas. Poika vetäytyi jälleen ostoskärryjen luo. Niillä nurkilla oli aina paljon tehtävää. Auttaa kärryjä ulos jonosta, noukkia roskia lattialta, nostella ostoskasseja. Ja nyt, kun pakettipostikin oli siinä, hän autteli myös asiakkaita pakettien kanssa. Luukuista ulos ja sisään. Se oli kivaa puuhaa. Mutta kaikki eivät antaneet auttaa. Mummi oli sanonut, että ei saa tunkea, jos eivät halua. Mutta nyt juuri tuli pieni rouva, hyvin pieni, paljon pienempi kuin mummi tai Nipa. Ja paketin luukku oli korkealla. Rouva hymyili yhtä leveästi kuin Nipa, saadessaan apua. "Odotas, minulla pitäisi olla täällä jotain hiluja…", rouva sanoi, ja kaivoi taskustaan kolikoita. "Tässä sulle, kiitos, oot iso apu täällä kaupassa", rouva löysi pienen kilisevän kasan kolikoita Nipalle, jonka suu oli taas messingillä.

Tainan kassajono oli huvennut. Hän vinkkasi Nipan luokseen. "Kävisitkös hakemassa mulle vesipullon taukohuoneen jääkaapista. Siinä lukee päällä Taina", Taina hymyili. "Lihatiskin Arto avaa sulle oven, sano, että Tainan asialla. Niin… ja tuota, Nipa…, osaathan sinä lukea?" Tottakai Nipa lukea osasi, jos ei ollut kummallisia sanoja. Hän oli oppinut koulussa. Ja laskeakin hän osasi, yhteen ja vähentää ainakin, ja aika hyvin kirjoittaakin. Oman nimen ja osoitteen. Ja joskus ostoslapun, kun mummi ei jaksanut. Kaupan väki ei huomauttanut, kun maito oli muuttunut madoksi ja kauraryynit kuradyneiksi. Eikä se olisi haitannut, vaikka olisivat sanoneetkin. Paitsi jos Veikko olisi sanonut, koska Veikko sanoi ilkeästi. Veikko oli torvi. Mummikin oli sanonut niin ja lisännyt, ettei torvista tarvinnut välittää. Niillä oli omat ongelmansa.

"Ai niin, Nipa, katso sitten kans sinne pöydälle. Siellä on jotain sulle", lisäsi Taina.

Nipa kiirehti Tainan asialle. Vesipullo. Jääkaapista. Lihatiskin Arto. Ja pöydällä on sulle. "Ah..vaa, Tainan as..hia", Nipa hymyili Artolle, eikä huomannut, että Artolla oli juuri asiakas, joka pohti kaikessa rauhassa valintaansa kuhan ja kirjolohen välillä. – Lopulta Arto huomasi ja vetäisi narusta ison oven auki. Nipa kipitti kiireesti oven ali, olihan hän nähnyt, miten vikkelään ovi sitten rämähti kiinni. Ettei se vain tulisi niskaan.

Pullo jääkaapista. Taukohuoneessa istui Veikko syömässä eväitään. Nipa ei sanonut mitään, ei hymyillyt, ei katsonut, meni vain suoraan jääkaapille. Pullo, Taina, Ta-i-na. Tämä. Jääkaapin ovi kiinni. Aina kiinni, mummi oli opettanut.

"Katos tyyppiä, mitäs sä täällä teet? Ethän sä oo henkilökuntaa", tokaisi Veikko ja haroi hiuksiaan ylöspäin. "Tulitsä kyttään jotain, vai? Ethän sä VAAN varasta, kato täällä ei…", Veikko etsi oikeaa ilmettä, pysähtyi kesken lauseen, samoin Nipa kesken liikkeen, kun myymäläpäällikkö kurkisti taukotilaan.

"Jahas, siinähän se Niilo onkin!", hän sanoi Nipalle. "Kun nuo tytöt arveli, että olet niin tärkeä henkilö talolle, että jos... että kun... niin, jokos huomasit tuossa...", myymäläpäällikkö osoitti pöydällä olevaa pakettia. Muovipussia, jossa päällä luki isoin kirjaimin: NIILO. Nipa oli ihan unohtanut, vaikka Taina oli sanonut. Olipa hän nyt, miten noloa, voi voi, että piti unohtua... Mutta myymäläpäällikkö ei näyttänyt yhtään välittävän mokomasta unohduksesta. Tempasi vain muovipussin käsiinsä ja veti sieltä esiin... vihreän takin!

"Nin, Niilo, tai saanhan sanoa Nipa, jos sopii..., kun meillä nämä työtakit..., jos sopisi työsopimus, osapäivä, meidän talo kun ottaa, siis, jos ei jaksa koko päivää. Että minulla olisi sopimus tuossa, jos poikkeat toimistossa... Ja että Veikko vaikka voi opastaa, tuotteita hyllyyn ja sellaista, että... ", myymäläpäällikkö oli jo kiiruhtanut pois. Hänellä oli varmaan kiire, arveli Nipa. Hän ei yhtään tajunnut, että Anna-Maija ja Taina olivat yhdessä valmistelleet asiaa, eikä myymäläpäällikkö ollut voinut sanoa yhtään sanaa vastaan, vallankin, kun Taina oli myymäläpäällikönkin mielestä niin ihana.

Veikolla jäi suu auki, kun Nipa lähti muovipussinsa kanssa kaupan puolelle. Ja kun Nipa palasi hetken kuluttua hakemaan Tainan vesipulloa, hän istui edelleen tuijottamassa mikroaaltouunin jäljiltä jäähtyvää pitsaansa. Nipalla oli jo vihreä työtakkinsa päällä — naiset olivat auttaneet - ja suu korvissa.

Kun Nipa myöhemmin palasi kotiin ja purki punaisella lapulla varustettuja tuotteita muovikassista keittiön pöydälle, oli pakko pukea heti vihreä työtakki päälle. Mummille piti näyttää. Oma vihreä takki, kaupan logo ja kaikki.

Mutta mummi vain nukkui. Talviunta.

Parkkihallissa

Riita kieppui ilmassa jo aamusta alkaen. Arvolla taisi olla lievä krapula, mikä ei ollut mitenkään tavatonta.

Mervi yritti olla, niin kuin en huomaisi, vaikka jo aamukahvista tulivat ensimmäiset huomautukset. Liian vahvaa kuului olevan. Päivästä tulisi raskas, jos vanhat merkit pitivät paikkansa. Olikohan se nähnyt pahaa unta vai mikä sitä vaivasi, Mervi pohti. Montako olutta se eilen kittasi?

"Laita tilkka maitoa siihen, laimenee ja on parempi vatsalle", hän ehdotti yrittäen kuulostaa neutraalilta. Ehkä Arvon siitä tokenisi.

"En kai minä nyt kahvia maidolla pilaa, pitäis sinun jo se tietää", se mutisi kulmat kurtussa ja rapisteli Hesaria auki. Kohta se varmaan paasaisi jostakin Ukrainasta tai Kreikasta.

"No vettä sitten, kiehautanko?" Mervi ehdotti. Arvo oli kuin ei olisi kuullut, tavanomaista ja masentavaa.

Kauppakeskuksen parkkihallissa oli ruuhkaa. Arvo ajoi nenä kiinni ratissa, eikä ollut näkevinään oikealta tulevia. Taas kerran Mervi päätti, että tämä olisi viimeinen kerta. Hän ei enää ottaisi Arvoa kauppakeskukseen. Se ei kerta kaikkiaan kestänyt ihmispaljoutta, etenkään ei ollessaan tuolla tuulella.

Siinä sitä oltiin taas läheltäpiti-tilanteessa! Mervi ehti säikähtää pahan kerran, kun herra vain jyräsi eteenpäin, vaikka oikealta käytävältä pyrki punainen auto ulos. Väkisin tuli huomautettua, suorastaan kiljaistua, että varoisi vähän, Mervi ei mahtanut sille mitään. Mutta Arvopa se oli sitä mieltä, että hänellä on etuajo-oikeus, tämä pääkäytävä on muka valtaväylä. Nimitteli siiä ärtyneenä punaisen auton ajajaa. Tyypillistä Arvoa.

"Eihän nyt kadulla olla, missä sillä muka kolmio on?" ei Mervi malttanut olla huomauttamatta. Taisi tulla sanottua melko kipakkaan sävyyn.

"Mitkäs nuo hainhampaat sitten muka on, jotka lattiaan on maalattu? Nehän näyttää, että siinä pitää pysähtyä! Valtaväylällä ajajilla on etuajo-oikeus", sellaista oli herra tietävinään. Käski Mervin tutustua tieliikennelakiin. Tuskin sieltä tähän ongelmaan ihan suoraan apua löytyisi, kyllähän Mervi sen tiesi. Parasta oli vain pitää suu kiinni, ettei ihan ilmiriitaa tulisi.

Niinpä sitten ei puhuttu mitään. Marssittiin vain peräkanaa hyllyjen väleissä ostoslista läpi.

Musta poika keräsi parkkihallissa ostoskärryjä pitkäksi jonoksi. Arvo otti pari kassiamme kärrystä. Mervi kurkkasi pojan takin pieluksessa olevaa nimilappua samalla, kun tuuppasi kärryn hänelle. Nimi oli Mamo. Aika erikoinen, varmaan joku Mahmud tai vastaava ja lyhentynyt Mamoksi, Mervi mietti. Suomalaisille tyypillistä lyhentää nimet. Reipas poika ja hymyilläkin osasi valkoisilla hampaillaan.

"Entä raha?" poika sanoi. "Siinähän on raha sisällä!"

"Pidä sinä vain se, Mamo!" sanoi Mervi ja yritti hymyillä takaisin. Näissä tunnelmissa se oli vaikeaa, mutta hän halusi antaa hyvän vaikutuksen suomalaisista.

"Mamo!" sähähti Arvo. "Mikä saakelin mamu se tuokin on. Semmonen nimi, eihän se oo ihmisen nimi ees!" Tyypillistä, tietenkin negatiivinen reaktio.
Mervi tuumasi viileästi, että varmaan se oli lempinimi, lyhennys jostakin. Ei kannattanut tästä sen enempää. Auton takana Arvo laski kassit maahan ja avasi takaluukun kaukosäätimellä.

"Niin vissiin. Ja rouva harrastaa hyväntekeväisyyttä antamalla kärrirahan Mehmetille vai mikä se nyt oli! Sekös siitä riemastuu, saapi musta poika hy-

vät naurut! Eikö sieltä luukulta jo tarpeeks niille syy-
detä, sinun ropojas siinä tuskin enää tarvitaan!" Arvo
kuulosti ilkeältä.
Hänhän oli aina ollut kaikkia maahanmuuttajia vas-
taan.

Mervin teki mieli sanoa vaikka mitä. Hän tyytyi
kuitenkin vain toteamaan, että tämä ainakin näyttää
ahkeralta ja hyvätapaiselta veronmaksajalta.

Arvo käynnisti auton ja peruutti vauhdilla. Näin, että
pian menee loputkin hermot. Ja peltihän siinä kolisi,
kun viereisen auton takanurkka sai osuman. Arvo vil-
kaisi salamana ympärilleen, puri hampaat yhteen ja
kaasutti pois. Vaimo ei ollut yllättynyt, oli vain het-
kellisesti sanaton. Eihän noin saa tehdä!
"Ei oo totta, sinä vain ajat pois, etkä meinaa lap-
pua jättää?" hän puuskahti. "Pysäytä nyt hyvä ihmi-
nen!"
"Ei tartte jättää, sen on oikeus todennut! Mitä
oli pysäköinyt viivan yli, ihan oma vikansa", mies kar-
jaisi tarpeettoman lujaa. Tietenkin se oli sen toisen
vika. Mutta sitten oli pakko pysähtyä, kun vasem-
malta tuleva auto ajoi vain "valtaväylällä" röyhkeästi
eteenpäin.
"Saakeli, mulla on etuajo-oikeus, minähän tuun
oikealta!" Arvo jupisi, takuulla ei itsekään tajunnut,
että tuli puhuttua itsensä pussiin..
Sivupeilistä Mervi näki, että heidän peräänsä
juoksi joku nainen kännykkä ojossa. Juuri auton ta-
kana hän pysähtyi ja otti kuvan heidän autostaan, il-
meisesti halusi rekisterinumeron ylös. Mervistä
näytti, että heidän katseensa kohtasivat peilin

kautta, ihan ohimennen. Hän hymyili naiselle, toivottavasti tämä pani merkille.

Arvo ei naista huomannut ja eikä vaimo katsonut aiheelliseksi mainita asiasta.

Kytiksellä

R itva oli tarkkaillut vastapäistä taloa muutaman viikon. Tai totta puhuen, sitä miestä Ritva oli tarkkaillut. Rakkautta ensisilmäyksellä! Valitettavasti vain yksipuolista, niin kuin Raisa-sisko oli hymähtäen huomauttanut, kun hän oli kertonut. Vielä hän näyttäisi siskolle, vielä hän näyttäisi.

Tämä kun harrasti niitä pikatreffejä Tinderistä. Luuli sillä tavalla löytävänsä sen Suuren Rakkauden. Ei, Ritva ei perustanut näistä nykyajan kotkotuksista, Tinderihän oli kuin joku enttentten-teelikamentten.

Niinä aamuina, jolloin hänellä ei ollut aamuvuoroa töissä, Ritva istui sängyn laidalla odottamassa hetkeä, jolloin mies astelisi ripeästi kulman takaa ja menisi sisään autotallin ovesta. Se tapahtui puoli yhdeksän nurkilla aamuisin. Hetken päästä tallin nosto-ovi avautuisi ja ulos ajaisi valkoinen Audi. Kolmannen kerroksen ikkunasta Ritva ei voinut nähdä, kuka autoa ajoi, mutta totta kai se oli sama mies, kukapa muukaan. Rekisterinumeron perusteella hän tiesi miehen nimen ja osoitteen. Mikael. Asui A-rapussa, viidennessä kerroksessa. Mikael, miten kaunis nimi. Ihan kuin arkkienkelillä. Miikkael! Enkeliltä mies näyttikin Ritvan silmissä.

Eräänä aamuna hän oli järjestänyt itsensä kadulle juuri siksi hetkeksi, jolloin mies ajoi tallista kadulle. Hän oli pukeutunut hiljattain hankkimaansa aniliiniin ulkoilupukuun. Vaaleat hiukset oli pesty ja föönattu aamulla ja kasvoilla oli kevyt meikki. Niitä "olet sen arvoinen"-juttuja.

Omasta mielestään hän ei ollut hullumman näköinen. Urheilullinen ja naisellinen. Siinä, siinä...nyt juuri valkoinen Audi ajoi kadulle ja kääntyi vasemmalle. Samalla Ritva lähti ylittämään katua – katsoen muka hajamielisesti toiseen suuntaan, niin kuin ei huomaisi autoa. Mies joutui pysäyttämään, Ritva melkein kosketti etupeltiä, säikähti muka, hymyili valloittavinta hymyään ja teki anteeksipyytävän eleen. Ooh, sori sori, olinpas minä hajamielinen! Mies hymyili takaisin autostaan, odotti, että Ritva ehti jalkakäytävälle, sitten hän kaasutti tiehensä. Ooh, miten jumalainen olento! Yllään hänellä oli jotain mustaa, bleiseri tai pusakka? Vihreänharmaa liina kiedottuna kaulaan. Ritva jähmettyi jalkakäytävän reunaan typertynyt hymy edelleen kasvoillaan. NYT hänet ainakin oli huomattu. Tästä lähtien voitaisiin tervehtiä, oltiinhan sitä naapureita. Eikö miehen katse ollutkin ihastunut, eikö hän ollut kallistanut hiukan päätään, muka toruvasti? Että hei sinä, seksikkään näköinen nainen, olepas varovaisempi liikenteessä, voi käydä hullusti, jos tuolla tavoin törmäilet.

Eilen hän oli ostanut kiikarit klaasohlssonilta. Ihan vaan bongailuun, hän oli huolettomasti sanonut, kun myyjä oli tarjonnut apuaan. Bongailuun juuri, niinpä. Aloittelijalle.

Tässä hän taas istui, sängyn laidalla, ja yritti keskittyä kaupan ilmaislehteen. Lukemisesta ei oikein tullut mitään. Oli tärkeää pitää silmällä taloa, nyt pääsisi kiikareita testaamaan. Vielähän tässä olisi aikaa, kello oli vasta kahdeksan nurkilla. Harmi, kun ei täältä kolmannesta voinut nähdä viidenteen kerrokseen. Olisi ollut tarkemmin selvillä miehen tekemisistä, ties mitä jännittävää olisi paljastunut. Mitenkähän...Voisiko sitä jotenkin järjestää itsensä ylemmäksi, johonkin asuntoon, josta näkisi sisään Mikaelille? Kukas asuikaan viidennessä? Raatikaiset, noh, heitä hän ei tuntenut niin hyvin, että kehtaisi vierailla. Ja mites sitä toisten makuuhuoneeseen nyt pääsisikään? Entäs kuudennessa, ketäs siellä olikaan? Sieltähän näkisi varmaan yhtä hyvin, ainakin suunnilleen. Ritva puntaroi vaihtoehtoja. Tämä

Mikael hänen oli saatava! Miten kivasti mies olikaan katsonut häntä tuulilasin läpi, eikö katseessa ollutkin melkein lupaus?

Unohda se, ihan älytön idea, oli Raisa neuvonut, kun hän oli pohtinut tätä ääneen. Tunkea nyt kylään naapuria kiikaroimaan! Ethän sinä sitä paitsi tiedä, vaikka naimisissa olisi tai ainakin seurustelisi? Onko sormusta, oletko katsonut? Ei, ei hän ollut sellaista ehtinyt. Ei varmaankaan ollut naimisissa, kaipa rouva joskus olisi ollut mukana. Ei varmaankaan, sinkku oli.

Nyt! Nyt juuri ihana Mikael ilmestyi kulman takaa, tummassa pusakassa, vihreänharmaa liina muodikkaasti kaulaan kietaistuna, ja ja – mitä ihmettä. Ritva tarkensi uudelleen kiikareitaan. Miehellä oli hihnassa pieni koira, hyvänen aika sentään! Koira, joku perhoskoiran oloinen söpöliini. Leikkikoiran näköinen pikisilmä. Omistiko mies todella koiran? Ehkä se oli vain hoidossa? Toisaalta Ritva ei ollut ennen näin aikaisin ikkunassa istunutkaan. Jospa hän ei vain ollut nähnyt Mikaelin vievän koiraansa ulos. Ritva ei kyllä ollut erityisemmin koiraihminen, kissat olivat enemmän hänen juttunsa, mutta nyt alkoi raksuttaa. Kenellä hänen tutullaan olisi koira, joka voisi tulla lainaksi? Sitä sanotaan, että koira hihnan päässä tutustuttaa ihmisiä toisiinsa. Mies harppoi ulos pihalta, koira kipitti terhakkaasti vieressä. Olivat ilmeisesti menossa lähimetsikköön. Harmi, kun Ritva ei ollut vielä pukeutunut, olisi voinut ikään kuin olla lenkkeilemässä, juosta miestä vastaan, pysähtyä ihailemaan koiraa. Tänään oli onneksi vapaapäivä töistä. Kaipa sitä piskiä ulkoilutettiin myös iltapäivällä, ehkä illallakin. Eihän Ritva tiennyt koirien ja niiden omistajien tavoista mitään. Siispä jo iltapäivällä olisi asettua asemiin jo kolmen tienoilla, kiikaroida niin kauan kuin oli tarpeen. Ulkoilupuku päällä ja meikit kohdallaan.

Koko iltapäivä siinä oli oltava kiikaroimassa, kunnes Mikael taas ilmestyisi koiraansa ulkoiluttamaan. Pidättelevätkö koirat noin monta tuntia, vai oliko niillä joku hiekkalaatikko kotona? Ritvan tietämän mukaan sellainen oli vain kissoilla. Puoli viideltä Mikael ja piski tulivat ulos. Ritva teki parhaansa, ryntäsi ulos, lenkille muka. Mutta jotenkin Mikaelin onnistui välttää hänet, eikä Ritva enää nähnyt heitä. Kyllä hän vielä onnistuisi, koiran kanssa se kävisi parhaiten, sitä voisi huoletta seisoskella missä vain, antaa koiran nuuskia rauhassa joka pensaan naapuritalon ympärillä. Mistähän sitä nyt koiran saisi tähän hätään?

Tiedustelu Raisalle tuotti helposti tulosta. Sisko järjesti Ritvalle lainaksi ystävänsä spanielin. Tuhahteli ja vähätteli tietenkin tapansa mukaan. Hullu sinä oot, menisit vaan reilusti Tinderiin, etkä tämmöisiä näytöksiä rakentelisi. Ei, ei, sisko ei tiennyt mistään mitään. Ei mitään konemaisia tindereitä, ei robotti-treffejä. Kasvokkain, silmästä silmään, sitä se lumo syntyisi, katseen magiasta. Nyt jo oli hilkulla, koira hoitaisi homman kotiin.

Seuraavana päivänä Raisa toi hänelle ystävänsä kanssa spanielin, Terhin. Raisa ja ystävä olivat menossa vähän tuulettumaan, koira saisi hyvän hoidon Ritvan luona. Se tuijotti Ritvaa melkoisen epäluuloisena, mutta suostui lähtemään seuraksi ulos, kun Ritvalla oli namuarsenaali tuulipuvun taskussa. Raisan ystävä oli vakuuttanut, että Terhi oli vanha ja väsynyt, mutta kävelisi vaikka etutassuillaan, jos saisi lempinamujaan.

Terhi nuuhki ja nuuhki, joka pensas ja korsi ja lyhtypylväs piti haistella tarkkaan. Rasittavaa.

Miten kellään ihmisellä oli koiraa, näin paljon vaivaa! Monta kertaa päivässä ulos, satoi tai paistoi. Ritva talutti koiraa metsikön suuntaan, sinne päin, jonne oli nähnyt Mikaelin koirineen menevän. Vähän väliä hän katsoi taakseen, eikö Mikael jo tulisi. Miestä ei kuulunut, sen sijaan tuli saman näköinen koira. Ihan saman näköinen, samasta pihasta. Perässään se veti nuorta miestä. Nuori mies? Mies ja koira tulivat reippaasti kohti Ritvaa ja Terhiä. Koira veti vimmatusti, kaveri joutui ottamaan juoksuaskelia. Piski oli ilmiselvästi kiinnostunut Terhistä.

"Onko tyttö vai poika?", mies huikkasi iloisesti. Vastauksen saatuaan, mies ilmoitti, että hänen koiransa tuli hyvin toimeen tyttökoirien kanssa, poikien kanssa saattoi tulla kärhämää.

"Ai jaa, tästä minä en oikein tiedä, on hoidossa mulla", vastasi Ritva ja aprikoi sitten pää kallellaan, että on tainnut nähdä tuon valkoisen koiran. "Joku toinen mies sitä ulkoilutti, veljes varmaan vai oliko joku naapuri." Ennen kuin mies ehti vastata, oli nappisilmä jo nuuhkimassa Terhin takalistoa. Kummasti tuli Terhiin vauhtia: se käännähti salamana. Älähän tule siihen ollenkaan, pois, tai täältä pesee, Terhi ärähti. Mies vetäisi naurahtaen oman yli-innokkaan lemmikkinsä kauemmaksi.

"Vai sellaista, ei näköjään kelpaa herraseura," hän sanoi. Ritva torui Terhiä sopivin sanakääntein ja pahoitteli miehelle. "Eipä näistä aina tiedä, mitä heidän päässään liikkuu", mies kuittasi ja veti koiraansa kauemmaksi. "Äläs Bobi kuule lähentele, vanha rouva ei näköjään tykkää!" Ritva kaivoi taskustaan namua ja heti pyrkivät molemmat koirat osingolle.

"Bobibobibobi, ei saa hyppiä!" Mutta vahinko oli jo tapahtunut ja Bobin tassuista jäänyt kuraiset jäljet Ritvan aniliinin värisiin housuihin. Hän pyyhkäisi lahjettaan ja vähätteli asiaa. "Ei haittaa, pesuun ovat menossa muutenkin. Ottaiskos Bobikin namua? Ja Terhille on tässä myös. Eikä saa sitten riidellä!" Piti saada tietää, oliko koira tämän miehen, naapurin ehkä tai veljen ja oliko hän jostain syystä vain ulkoiluttamassa Mikaelin koiraa. "Niin, tämä vanha rouva on kyläilemässä", Ritva sanoi. "Ihan vain päivän pari hoidossa. Öö... niin, sinunko tää söpö leikkikoira on? Aivan ihana, tosi suloinen", Ritva yltyi kehumaan, vaikkei piski tehnyt häneen minkäänlaista vaikutusta, jos ei sen kummemmin Terhikään tehnyt. Koirat hotkaisivat kumpikin herkkupalansa Ritvan kädestä. Terhi kyräili Bobia alta kulmain, taisi vähän muristakin.

"Joo, on tämä oma, sillai, ihan vaan nyt käymässä, kun.. siis…", mies ei jatkanut, koska Bobi veti taas kiivaasti. "Tää kun on niin nuori vielä, ei oo oikein oppinut tottelemaan", hän naurahti ja suostui koiransa talutettavaksi. Joutui ottamaan oikein juoksuaskeleita. Antaa nyt tuolle typerälle leikkikoiralle periksi, ajatteli Ritva nyrpeänä. Hän päätti viedä Terhin toiseen suuntaan. Mutta mikä oli Mikaelin osuus tämän koiran suhteen? Ja tuon nuoren miehen?

Illan pimetessä Ritva istui taas sängyn laidalla, kiikarit silmillään. Piti saada tietää. Terhi nukkui eteisen matolla. Televisiosta tuli Ensitreffit alttarilla, mutta ei Ritva nyt ehtinyt sellaisia, tämä oli tärkeämpää. Kymmenen aikaan pari koiran ulkoiluttajaa lähti naapuritalon pihasta. Hihnassa kipitti Bobi, hihnan päässä oli Mikael ja toinen käsi ojentui saman nuorenmiehen hartialle, johon hän oli tutustunut jo iltapäivällä. Näytti puristavan hetken ja päästi sitten irti. Pari taputusta vielä. Hellyyden osoituksia! Kohta varmaan suutelevat! Kaverukset, niinpä juuri. Ritva laski kiikarit kädestään ja veti syvään henkeä. Kurkkua kuristi, pettymyksen kyyneleet odottivat jo valloilleen pääsyä. Homoja! Mikael olikin homo, miten naurettavaa. Tai ei, ei naurettavaa, vaan kamalaa. Olkoon mikä on, mutta noin nuorenkin se vielä oli iskenyt. Ainakin parikymmentä vuotta niillä oli ikäeroa. Oikeastaan aika kuvottavaa. Ritva oli tyrmistynyt.

Seuraavana aamuna hänen piti viedä Terhi ulos, se haettaisiin vasta myöhemmin. Piski odotti jo kello kahdeksan kuono ovenraossa. Kuinkas sattuikaan, samaan aikaan ajoi valkoinen Audi ulos naapuritalon autotallista. Kaksi miestä etuistuimella. Ritva ei ollut näkevinäänkään, katseli muka pilviä ja kiirehti hidasta spanieliaan, ei nyt jäisi siihen pesää tekemään. Auto kääntyi hitaasti pihalta ajotielle, mutta Ritva oli selin, eikä nähnyt Mikaelin tervehdysyritystä.

Eikä tietenkään voinut tietää, että tämä oli vähällä soittaa torvea saadakseen tuon naapuritalon viehättävän naisen huomion. Harmi, mutta tulisihan tässä vielä tilaisuuksia, Mikael ajatteli, varsinkin, kun kummipojan ja tämän tyttöystävän koira jäisi hänelle nyt hoitoon. Kaveri lähtisi tyttöystävänsä kanssa viikoksi etelään. Pojan pääsykokeet olivat ohi ja Mikael oli viemässä häntä lentokentälle. Iltapäivällä hän osuttaisi itsensä ja Bobin samaan aikaan lenkille, kun nainen ulkoilutti omaa koiraansa. Koirien avulla sitä tutustuttiin, eikös sitä näin sanottu?

Ritva näki silmäkulmastaan, että Audi kääntyi isolle tielle. Hän hymähti itsekseen ja nykäisi Terhiä tarpeettoman lujaa. "Ala tulla nyt sieltä, ei tässä oo koko päivää aikaa nuuskia ja kyttäillä!" Homot, mokomatkin!

Pitäisiköhän kysyä Raisalta, miten se sellainen Tinderi oikein ladattaisiin. Ihan vain varmuuden vuoksi.

Ketunpoikia

Tuuli kävi alapuolelta, ketunpesästä laavun suuntaan. Erkki oli rakentanut laavun vaarin ohjeiden mukaan, laudanpätkistä tehty tuki ja sen päälle risuja ja havuja. Olihan siinä hommaa ollut, piti tehdä vain kun tuuli kävi pesäkolosta poispäin. Oli se outoa, että hän oli laavussaan ketunkolon yläpuolella mutta silti tuulen alapuolella. Vaari oli selittänyt tämän asian ihan piirroksen kera, että Erkki pääsi jyvälle. Se oli se haju!

"Mutta jos ihan saunapuhtaita oltais?" oli Erkki ehdottanut.

"Eipä se taija auttaa, se on se ihmisenhaju kun leijuu sinne ketun nokkaan. Toki mukavampihan se ketulle on, jos sitä saunapuhtaita ollaan", virkkoi vaari, tönäisi vähän ja iski silmää. "Vaikka toisaalta, kyllähän se on kettu jo tottunut ihmisen vieressä asustamaan", hän tuumi tuokion päästä.

"Cityketut", Erkki ehdotti

"Niin, ne."

Erkki muisti, miten hän oli kysellyt vaarilta, mistä tämä tiesi, että juuri tuossa kivenkolossa olisi ketunpesä. Oliko vaari nähnyt kettuja siellä, pujahtavan kivenkoloon? Silloin vaari oli puhunut kettujen hajusta. Että nekin haisee.

"Ne ne vasta haiseekin! Haistelepa tarkkaan, nuuhki nuuhki, ekkö huomaa?"

"No en."

"Ihan selvästi se sieltä tulee, semmoinen hyeenan haju. Pesältä päin. Siitä sen tietää."

"Hyeenan haju?"

"Niinko Tex Willerissä, muistakko. Vintillä luettiin niitä. Niitä vaarin aarteita. Hyeenan haju." Muistihan Erkki ne vaarin aarteet, mustavalkoiset pitkulaiset vihkot, inkkarit ja länkkärit. Ei hän niissä mitään aarretta nähnyt, mutta ei sitä vaarille viitsinyt sanoa. Ei alkuunkaan samaa kuin Asterixeissä tai Hulkeissa.

"Niissä kyllä oli kojootin haju", Erkki kuiskasi hetken päästä.

"Hyeenan taikka kojootin", vaari tuumi. "Kojootin. Ihan niinko ketulla."

Nyt se oli valmis, makuualusta ja kaikki. Laavu sijaitsi saniaisten takana, ketunpesään nähden sen ison kiven oikealla puolella. Vaari oli kertonut, että ketut – jos niitä ei häiritty – saattoivat pesiä vuosikaudet samassa hyväksi havaitussa kolossa.

Tätä väijypaikkaa oli katseltu sopivaksi jo syksyllä, muutama saniainen oli nyhdetty kiven juuresta. Siihen jäisi kiva kolo kiikaroida ja valokuvata, jos pesään ilmestyisi keväällä pentue. "Tästä se on hyvä syyni kettuperhettä tarkkailla", oli vaari tuuminut.

Vaarin kanssa oli ollut aikomus kuvata. Vaari oli huomannut pankin lehdestä nuorten luontokuvakilpailun, pankki järjesti sen aina joskus. Ei ehkä sentään joka vuosi, mutta oliko se nyt joka toinen. Ei vaari pankista piitannut, sanoi, että ne on roistoja kaikki, mutta kun ne nyt mukamas olivat siellä luonnonsuojelijoita niin valokuvakilpailuun osallistuminen nyt ei ottanut jos ei antanutkaan. Pääpalkinto oli peräti 500 euroa! Kaksitoistavuotiaalle se olisi melkoinen summa. Erkki ei niin rahasta piitannut, mutta kuvaaminen oli kivaa. Hän oli kuvannut jo vuosia vaarin opastuksella. Lähikuvia saniaisista, heinistä ja neulasista. Linnut olivat haastavia. Ne pysyivät harvoin paikoillaan, piti osata olla kärsivällinen, tuntea valotusajat ja muut niksit. Maisemakuvia hän oli ottanut paljon. Viljapelloista, voikukkaniityistä ja valkoapiloiden peittämästä pihasta ennen kuin isä ajoi kukat nurin ruohonleikkurilla. Isä ei arvostanut apilankukkia. "Keräävät vain ampiaisia. Oisko kiva astua ampiaisen päälle?" isä uteli aika ärsyttävästi, vinoa hymyä se teki suupieliinsä, kun se käynnisti ruohonleikkuria. Kuvia oli kertynyt omalle läppärille jo satoja. Niitä hän laittoi facebookin Flora et fauna-ryhmän sivulle. Joskus hän näytti niitä äidille, mutta kyllä hän tunsi, ettei äiti oikeasti ollut kiinnostunut. Huuteli kyllä isälle että "Joonas, tule sinäkin katsomaan, hienoja kuvia Erkki on taas näpännyt!" Isä oli sanonut, ettei nyt ehdi, katsoo sitten huomenna tai joku toinen kerta. Paremmalla ajalla.

Kaksitoistavuotislahjaksi maaliskuussa Erkki oli saanut mummilta ja vaarilta kiikarit. Tosi hienot, vesitiiviit, kymmenkertaisesti suurentavat lugerit. Niillä oli totisesti ollut käyttöä! Koko kevään hän oli pongannut lintuja, vihkossa oli jo ainakin kolmekymmentä eri lajia, päivämäärineen ja kellonaikoineen. Ja kuvia oli otettu.

Juhannuksena maailma sitten pysähtyi. Vaari sai sydänkohtauksen, kuoli siihen paikkaan, laiturille. Oli juuri nousemassa uimasta, Erkki oli noussut edeltä, juossut portaat ylös saunalle ja ehtinyt juuri napata oman pyyhkeensä saunan terassilta, kun laiturilta kuului kolahdus. Pyyhe lensi sen siliän tien, kun Erkki juoksi takaisin. Hän näki, että nyt oli paha.

Ambulanssi tuli, mutta ei ne saaneet elvytettyä. Saunasta uimaan, liian kuumasta liian kylmään, sitä siinä aikuiset sitten päivittelivät. Ei olisi sillä tavalla pitänyt äkkiseltään! Kännissä, sanoi isä. "Ei pumppu kestänyt." Ei se niin ollut, ei vaari ollut ikinä kännissä, Erkki oli siitä satavarma. Kyllä hän oli nähnyt, kun vaari otti joskus oluen, mutta ei yhdestä känniin tullut.

Erkki oli itkenyt salaa, piilossa omassa sängyssä ja metsässä. Metsässä oli hyvä itkeä, ihan kuin vaari olisi siellä ja juttelisi hänelle. Lohduttaisi. Isä oli taputtanut olalle ja sanonut, että pitäisi vähän toppuutella niitä kyyneliä. "Sellaista se on, poika, tänne tullaan ja täältä lähdetään", isä oli hörpännyt oluestaan lauteilla. "Jokaisella se on meillä edessä, lähtö. Semmoista se on, elämä meinaan", isä oli huokaissut syvään, meinannut jatkaa, mutta jättänyt sanomatta. Pitkän ajan kuluttua tuli vähän reippaammin: "Mutta koetetaan me miehet purra hammasta, vetistely on katos enempi sellaista naisten puuhaa. Katsos poika, kun vaarilla oli jo tuota ikääkin, kyllä se oli jo hänen aika nyt. Kutsu kävi, ei voi kun sanoa, että parempi kun laakista meni." Isä oli ollut ihan ystävällinen ja ymmärtäväinen. Pukuhuoneessa oli sihauttanut auki uuden pullon karjalaa. "Otatko kokiksen?" Erkki oli mumissut, että joo.

Erkki puri hammasta minkä pystyi vaikka teki mieli huutaa että kuinka minä nyt pärjään! En minä ole tottunut kuolemiseen, ei ihmiset saa tuolla tavoin kuolla! Isän puolen ukki ja mummi olivat vielä elossa vaikka olivat paljon vaaria vanhempia. Miksei ne kuolleet? Ei niitten kanssa menty metsään vaan johonkin hiton oopperaan.

Kesäkuun lopussa oli jääkiekkoleiri. Siellä ei kyllä pelattu kiekkoa vaan futista. Ja treenattiin muutenkin koko ajan. Hop hop hop, hoki valmentaja. Piti hypätä aitoja, tehdä kyykkyhyppyjä. Erkki ei olisi halunnut mennä, mutta pakkohan se oli. "Kun on maksettu, on mentävä. Hyvää se sinulle tekee, ens vuonna onnistut kiekossa takuulla paremmin", sanoi isä. "Vaikket sinä huono ollut viime talvenakaan, noin kokonaisuutena, meinaan. Pitää vaan vähän treenata nopeutta. Ei saa jäädä haaveilemaan, pitää painaa täysillä. Se on asenteesta kiinni. Asenne, se on avainsana, niin sanoo Tamikin. Kyllä susta hyvä vielä saadaan. Se oli se yks ottelu Forssassa ja sitten se kotiottelu niitä Etelä-Karjalan poikia vastaan, mutta kuka niitä nyt muistelis enää", isä sanoi, kun nosti kassin takakonttiin. Isä oli kyllä itse muistellut niitä ihan tarpeeksi. Niin mutta vaari, ajatteli Erkki. Minä en haluaisi muualla olla kun metsässä kuvaamassa. Ei auttanut näyttää hapanta naamaa, isä olisi suuttunut. "Siellä on sun kaikki kivat kaverit, Jaakkolan Lauri ja se se, mikäs se oli, Mikako?" "Miikka", korjasi Erkki apeana. Ei Miikka ollut hänen kaverinsa. Lauri oli, mutta se olikin nynny.

Sekään ei välittänyt kiekosta. Se oli sen isä kun välitti, prikulleen kuin Erkin oma isä.

"Hyvä voi olla tässä vaiheessa se leirille meno, ei sure sitä vaaria niin paljon", puhui äitikin isälle. "Vaikkei se kyllä taida kiekko se oikea laji sille olla."

"Sitäpä ei vielä tiedä, voi se hyvinkin olla. Joka tapauksessa leiri osuu nyt just oikeaan saumaan. Suree ittesä muuten kipeeks. Ihmettelen vaan, että mitenkä se nyt niin koville ottaa Erkillä. Vanha ihminen, johan sen oli aika… Onkohan se ihan normaalia tuo Erkin meininki?" isä vastasi.

"Vaari, miks kuolit, se on tosi epistä", supatti Erkki moneen kertaan, kun kulki heinäkuussa polkua pitkin reppu selässä tutuille paikoille ja alkoi lopulta koota laavua. Hyttysistä hän ei välittänyt, syökööt vaikka elävältä. Tosiasiassa sekä hän että vaari olivat kovanahkoja, niin kuin vaari sanoi. "Näihin nahkoihin ei itikkapirulainen pure." Mitäs jos nyt puree? Kyynel pyrki silmään vaikka hän kuinka puri hammasta. "Epistä, samperi!" Unessa vaari sanoi yhtenä yönä, että sitä on vain mentävä eteenpäin. Aamulla Erkki mietti pitkään, oliko se ollut unta.

Erkki oli väijynyt ja väijynyt. Kun hän ensimmäisen kerran onnistui näkemään ketun livahtavan koloon, hän olisi halunnut heti rynnätä kertomaan jollekin. Äidille. Isälle. Vaari varmasti jo tiesi. Aikaisemmin hän oli tarkkaillut kettua harjulta. Se oli livahtanut piiloon, ei hän ollut ehtinyt nähdä, mihin se meni. Vai oliko tuuli kääntynyt ja kettu oli etsinyt lähimmän piilon, pensaan alustan tai risukon. Mutta tuolla siirtolohkareiden välissä, joiden päällä kuusen runko teki mutkan, siellä sen pesä oli. Mitään hyeenan hajua hän ei vieläkään tuntenut, mutta ihan oikein vaari oli muuten havainnoinut. Kamera olisi pitänyt olla koko ajan valmiina.

Kotona hän oli malttanut mielensä, kun oli sisään tullessaan kuullut isän ja äidin keskustelevan hänestä. Jotain jääkiekosta se oli. Vähän tuntui äidin ääni kiihtyneeltä. "Kun se nyt ei vaan kaikille sovi", hän juuri kuului napauttavan, kun Erkki laski reppunsa eteisen lattialle. "Ei jokainen oo sellainen joukkuepelaaja...". Siihen isä sanoi tiukasti: "Sinä ja sun hemmoteltu poikas! Sitä on vaan karaistuttava. Opittava pelaamaan joukku-eessa, niin se on elämässäkin. Ei semmosen nyh-jäkkeet pärjää tässä maailmassa! Pitää vaan pa-kottaa ittensä, eikä jäädä tuleen makaamaan..."

Erkki nosti reppunsa takaisin ilmaan ja laski sen lattialle uudestaan, vähän lähemmäksi olo-huonetta. Varovasti kuitenkin, ettei kamera vain kolahtaisi. Hän tiesi kyllä, että sekä kamera, että kiikarit kestäisivät melkein mitä vaan, mutta silti. Hänelle ne merkitsivät enemmän kuin kunin-kaalle jalokivet.

Silloin vanhemmat huomasivat hänet ja vai-kenivat. "Ai Erkki", äiti sanoi nolona, "tuota me tässä... Missäs luuhasit, metsässäkö? Hieno ilma, oliko hyttysiä?" Hän lähti menemään keittiöön, pörrötti Erkin tukkaa ohi mennessään. "Paitas tai-taa olla kuusenpihkassa. Laitapa pyykkiin. Ruoka on ihan kohta. Autatko kattamaan pöydän?"

Isä yritti hymyillä, tuli hänkin perässä keitti-öön. "Vähän tässä äidin kanssa mietittiin, että jos kuitenkin, ainakin tämän vuoden vielä tai pari, sitä kiekkoa. Sun iässä on vielä vaikea tehdä lopul-lisia päätöksiä, tuota..." Hän otti jääkaapista oluen ja sihautti sen auki.

"Oliko siellä se ketun pesä? Siellä met-sässä?", äiti kysyi. "Kivenkolossa vai korpikuusen kannon alla? Mörrimöykyn naapurissa?"

"Ku se on sellaisten siirtolohkareiden välissä, siinä on päällä semmonen käkkäräkuusi. Ensin kasvaa suoraan ja sitten tekee mutkan...", Erkki aloitti ilottomasti.

"Ei ei veikkonen sentään. Ei ole kuuset ikinä ole mitään käkkäröitä, sellaiset on mäntyjä. Käkkärämäntyjä, näin on. Vai että kuusia, kaikkea sitä pitää vanhoilla päivillään kuulla! Kylläpäs sinä nyt olet olevinasi luonnontuntija!" sanoi isä, tuhahti ikävästi ja kulautti sitten pitkän huikan karjalastaan.

Erkki otti lautaset kaapista ja alkoi jakaa niitä paikoilleen. Isälle pöydän päähän, äidille hellan puolelle.

Erkki laski haarukka- ja veitsinipun kädestään pöydälle melkoisella kolinalla. Saman tien hän lähti keittiöstä ja täräytti mennessään kovalla äänellä: "Ei oo sitten käkkäräkuusia olemassa, perkele". Kun oman huoneen ovi läimähti kiinni, hän lisäsi vielä varmemmaksi vakuudeksi: "Vittu!" "No, mikä sille nyt tuli? On se vaan outo, leikistä suuttuu... Liekö ihan normaali", isä hymähti. Hän kallisti pullostaan viimeisen huikan.

"Se on se varhaispuberteetti", äiti tuumasi lieden äärestä. "Ja ehkä se suru." Sitten hän kiirehti Erkin perään, kurkisti ovesta ja sanoi tyynnyttelevästi: "Tuuhan nyt takas, et viitsisi isälle suuttua, eihän se mitään tarkoita. Kiusaa vain vähäsen. Se on sitä sen huumoria."

"Omituinen huumorintaju", jupisi Erkki. Hän oli jo avannut tietokoneensa, piti päästä lataamaan tämän päivän kuvat. Ja sitten oli katsottava kavereiden postaukset facebookin f&f- luontoryhmästä. Nälkä oli kyllä melkoinen, se oli myönnettävä. Monta tuntia syömättä ja juomatta siellä piilopaikassa.

"No, tuuhan nyt, otan just laatikon uunista, syödään. Elli tulee jumpasta ihan heti kohta. Tuu nyt, äidin iso poika, pitää syödä, että jaksat niitä kettujas metsästää."

Ruokapöydässä äiti muistutti, että Kyllikki-täti tulisi viikonlopuksi kyläilemään. "Tuut sitten Erkkikin ajoissa kotiin, Kyllikki-täti on sentään kummis."

"Minä viis veisaan mokomista kyllikki-tädeistä", Erkki jupisi. Sisko loi häneen ihailevan ja ymmärtävän katseen.

"No, poika! Käytöstavat!", isä murahti. Äitikin yritti vielä jotain, että Kyllikki-täti nyt oli sellainen kuin oli, mutta ei pahaa tarkoittanut, "Suulashan se on, mutta eipähän ainakaan tartte puheenaiheita yrittää keksiä."

Itse asiassa Erkki vihasi Kyllikki-tätiä, mutta sellaistahan ei saanut sanoa. Eikä hän olisi sanonut, vaikka se olisi ollut sallittuakin. Silloin olisi heti kysytty, mistä se sellainen vihaaminen johtui. Ja sitä ei voinut missään nimessä paljastaa!

Joskus pari vuotta sitten Kyllikki-täti oli kysäissyt muka ihan ohimennen, oliko Erkillä mitään suunnitelmia tulevan ammatin suhteen. Ruokapöydässä oli kysynyt, siinä kaikkien kuullen. Siihen aikaan täti oli vielä ollut neutraali Erkin mielestä. Ainakin se toi aina suklaata.

Niinpä hän vastasi ujosti: "No en tiijä.., minusta varmaan tulee piolooki. Ehkä."

Koko pöytäkunta oli räjähtänyt nauramaan. Isä, äiti, Kyllikki-täti ja sen typerä tytär sekä tämän mies. Ellakin oli nauranut jonon jatkona, vaikkei mitään ollut ymmärtänyt. "Vai että oikein piolooki, ehkä", oli Kyllikki-täti hyrskynyt iso rintavarustus hyllyen. Erkki olisi halunnut karata pöydästä, mutta se olisi ollut tappion merkki. Sen sijaan hän puri hammasta ja otti posket punottaen lisää perunamuussia. Ikinä hän ei puhuisi tuolle akalle. Oikea todellinen hyeena se oli. Eikä Erkki puhuisi sen puoleen myöskään sen tyttärelle tai tyttären miehelle. Tyhmiä kaikki. Viimesen päälle tyhmiä.

Vaarille hän oli asian kertonut, kun vaari tiedustellut, mistä päin nyt tuuli puhalsi, kun tuntui semmoinen puhuri käyvän. Vaari aina huomasi kaiken. "Vai sellaista se Kyllikki. Se nyt on sellainen... No, kuulepas, kun minä sanon sinulle: vielä se hymy hyytyy, kun sinusta tulee maan johtavia biologeja. Tai ehkäpä koko maailman, kuka sen tietää. Vielä se niiden hymy hyytyy, sano minun sanoneen." Vaari sanoi sen sillä tavalla, että se oli totta. Vielä se niiden hymy hyytyisi.

Laavusta takavasemmalle törrötti pelottavan iso juurakko. Ihan kuin valtava karhu olisi seisonut takajaloillaan, etukäpälät ilmassa. Aina, kun Erkki ryömi laavuunsa, hän ajatteli, että mikään vaelteleva karhu ei uskaltaisi lähelle, kun pelkäisi juurakko-karhua. Vaari oli sanonut, että juurakko oli heidän ikioma suojeluskarhunsa. "Silläpä se kettuperhekin on turvassa, näin ne on sen päätelleet, kun tuon kolon ovat valinneet. Näin on marjat", oli vaari todennut.

"Näin on marjat", kuiskasi Erkki itselleen, kun asettautui laavuunsa ja veti kiikarit ja kameran esiin repusta. Siellä oli myös jugurttijuomaa ja banaani siltä varalta, että odotuksesta tulisi pitkä. Iltaaurinko siivilöityi laavun lävitse ja lämmitti selkää. Alkoi nukuttaa ihan armottomasti. Illalla oli tullut pitkään chattailtua f&f-ryhmän ystävien kanssa. Joku oli ollut Lapissa lintuja bongaamassa. Toinen oli ollut vanhempiensa kanssa Australiassa ja nähnyt siellä ihan ihmeellisiä olioita, koaloita ja kenguruita.

Ketunpesällä ei näkynyt liikettä. Erkki makasi vatsallaan ja nojasi rystysiinsä. Nukutti, auringon säteet lämmittivät. Hyttynen pyrki laavuun, kieppui korvan juuressa ikävästi inisten. Erkki vaihtoi varovasti käsien asentoa, odotti, että hyttynen laskeutuisi edessä lepäävälle kädelle. Hyönteinen ymmärsi toiveen ja laskeutuikin, aikeenaan vain hiukkasen nuuhkaista hyttyskarkotteen outoa tuoksua, mutta siihen päättyi sen lento. Julmasti Erkin kämmenen alle. Sainpas, hymyili Erkki. Sitten hän antoi päänsä painua kämmenselkien varaan, ihan hetkeksi vaan. Sitten hän kaivaisi repusta eväänsä. Pitää olla kärsivällinen, hän ajatteli ennen kuin nukahti.

Ehkä hän nukkui vain minuutin, ehkä puoli tuntia tai enemmän, joka tapauksessa se ei ollut hyttynen, joka hänet herätti. Sen hän tiedosti vasta hetkeä myöhemmin. Se oli ääni, pään sisältä tai vierestä, ääni, joka sanoi jotain siihen tapaan, että "...nyt jo hyvä mies tai menee koko näytelmä hukkaan." Ensimmäistä sanaa hän ei kuullut, koska uni oli niin sikeää. Lopun hän kyllä erotti ihan selvästi. Ehkä se oli vaarin ääni. Vaarin ääni se oli.

Erkki on samassa täysin valveilla ja kiikarit silmillä. Hän huokasi syvään, sydän alkoi läpättää vimmattua tahtia. "Ei oo totta, voi jummi!" Onneksi kamera oli jo viritetty sekä valon että matkan osalta, koska siellä ne nyt olivat.

Ketunpoikaset.

Neljä niitä oli, pientä villavaa palleroa. Punertavanruskeita, jokaisella valkoinen hännänpää ja tummat tassut. "Mielettömän söpöjä", Erkki supisi ottaessaan kuvia sarjana. "Ella tykkäis, niinku pehmoeläimiä..."Ihan melkein vedet pyrkivät silmiin, pelkästä innostuksesta."Voi jummi." Keskenään ne telmivät pesän edustalla, riemukkaasti toinen toistensa kimpussa ja ympärillä, milloin hampaat tavoittelivat toisen korvaa tai kolmannen häntää. Varmaan pitivät ääntäkin, mutta tänne saakka sitä ei kuullut. Isä- ja äitikettua ei näkynyt missään. Takuulla olivat käskeneet pentujen pysyä pesässä, mutta nämä olivat päättäneet lähteä seikkailulle. Suureen maailmaan, tai ainakin pesän edustalle. Äitikettu ei voinut olla kaukana, se ei koskaan jättänyt pentuetta, kun ne ovat vielä noin pieniä. Sen vaari oli sanonut. Erkki oli nähnyt kettuparin jo muutamaan kertaan, mutta nyt ne olivat kai ruokahankinnoissa. Omakin vatsa kurni, mutta sille ei nyt ollut aikaa. Kamera kävi äänettömästi, nap, nap, nap.

Kyllikki-täti istui vanhempien kanssa olohuoneessa TV:n ääressä. Uutiset olivat meneillään.

Erkki olisi halunnut päästä huomaamatta ohi, mutta eihän se onnistunut.

"No sieltä se poika tulee", äiti sanoi teeskennellen ystävällistä. "Voi voi tätä meidän luonnon ystävää. Niitä kettujasiko sinä taas jahtasit? Etkös nyt muistanut, sinunhan piti tulla ajoissa. Korjasin jo ruoan pois, mutta on siellä sulle kanankoipi jääkaapissa. Ja tulepa tervehtimään kummitätiäsi."

"Kuules poika, ei tämä mikään hotelli ole", isä sanoi tiukkaan sävyyn, selvästi ärsyyntyneenä. "Ei sitä noin vain tulla ja mennä! Uutisetkin jo menossa ja ruoka-aika meni jo ajat sitten. Sinut pitäis passittaa kyllä yöpuulle ilman päivällistä, mutta annetaan nyt armon käydä oikeudesta. Tämän kerran." Hän halusi tehdä vaikutuksen Kyllikki-tätiin, oli muka leikkisäkin.

Kyllikki-täti näytti vihreässä leningissään entistä pulleammalta. Suu korvissa hän kailotti: "No hei hei, Erkki, heippa, tulepas sanomaan oikein käsipäivää, ei ookaan aikoihin nähty. Herrajumala, jopas sinä oot venynyt! Ootko jo isäs mittainen? Hyvä että ees tunnen."

Erkki oli yrittänyt vain heilauttaa kättä ovensuusta. "Tuu tuu nyt vain sieltä, pitää halit oikein saada", tädillä oli jo kädet ojossa, mutta ei se noussut sohvalta. Pakko siihen oli mennä sen vihreiden käsivarsien ja vihreän, pehmeän rinnuksen väliin. Erkki ei saanut millään käännettyä suupieliään ylöspäin, vaikka vaari oli neuvonut. Mutta täti ei sitä huomannut, pörrötti vain hänen hiuksiaan.

Erkki inhosi sitä yli kaiken. Ensi kerralla hän laittaisi tukan täyteen fairia, saisi Kyllikki-täti yllätyksen.

"Odotapas", täti sanoi penkoen suurta kukallista laukkuaan. "Tiedä, vaikka minulla olisi täällä jotain kettupojalle", tätiä nauratti oma ilmaisunsa. "Nii-in, äitis tässä kertoi, että kettumetsällä olet alvariinsa. Noh, otapas, Ella jo sai omansa." Täti kaivoi laukustaan fazerin sinisen. Sen se tavallisesti aina toi. Sen mielikuvitus ei yltänyt muuhun, näin oli vaari sanonut. Vaarin mielestä Kyllikki-tädille piti olla armollinen. "Se tekee parhaansa, enempään sillä ei resurssit riitä", vaari oli selittänyt.

Kettupoika, pah. Nuo ääliöt ei ymmärtäneet mitään. Eikä niitä kiinnostanut.

Oven kello kilautti iloisesti, kun Erkki astui sisään Meerin Kuvaan ja Kameraan. Meeri Kotilainen seisoi itse tiskin takana palvelemassa rouvaa, joka pää kallellaan juuri teki valintaa kahden kehyksen välillä. "Tämän taidan ottaa, on se parempi. Juu, laitetaan tämä", rouva päätti.

Kotilaisen täti tervehti häntä, mutta ei osoittanut tuntemisen merkkejä. "Pikku hetki vaan", täti sanoi Erkille ja väläytti kiireisen hymyn punasankaisten lasiensa takaa, pakatessaan rouvan valitseman kehyksen muovipussiin. Sitten hän kilautti kassakoneen auki. Erkki kaiveli kameraa repustaan. Asiakas lähti ja Kotilaisen täti kääntyi Erkin puoleen.

”Ja mitähän nuorelle herralle saisi olla?” hän hymyili ystävällisesti hieman vinoilla hampaillaan. Silmätkin hymyilivät lasien takana. Vaari oli sanonut, että siitä sen näki sen ihmisen todellisen luonteen. Silmistä.

”Tuota, minä vaan, että kun..., että saisko paperikuviksi, siis tästä kamerasta muutaman...”

”Jo vain, ilman muuta. Osaatko itse, vai näytänkö?” Täti viittasi kädellään liikkeen perällä olevaan koneeseen. Erkki ei ehtinyt vastata, kun täti jo ojensi kätensä ottaakseen kameran. ”Tuupas, mennään tähän. Katsopas, yhdistetään tähän...”, täti kumartui koneen puoleen ja katsahti samalla Erkkiä tarkemmin. ” Ei mutta hyväinen aika, eikös se ole Hartikaisen Topin jälkeläisiä? Oothan se sinä? Kyllähän minä sinut toki tunnen. Mikäs se olikaan sinun nimes?”

”No Erkki vaan.”

”Just, Erkkipä hyvinkin. Nuin oot venynyt, meinaatko hongankolistajaks?”

”En tiijä. Ehkä.”

”Vaaris kanssa oot käynyt, eikö? Muistanhan minä. Voi voi, kuulin siitä vaaristas, ikävä juttu. Ihan liian varhain meni hyvä mies, ihan liian varhain. Sinä olit Topilleniin tärkeä, aina puhui. Varmaan hänkin sinulle. Vaarihan se opetti kuvaamaankin, eikö?” Täti sai kameran kuvat näkyviin monitorille. ”Nyt siitä sitten valitset, mikä koko ja montako... Niitähän on ihan läjäpäin. Otatko kaikista?”

”Ei kun vaan ketuista, kun...”

Täti hiljeni, kun näki monitorilla kuvat. "Ketuista. Ketunpojista... Vaarisko nämä otti?"   "Minä otin, ite otin."

"Sinäkö? Ihanko totta? No oot kyllä hyvin vaaris opit omaksunut. Sinähän oot taiteilija! Sinnekö sinä pankin kilpailuun näitä? Kuulehan Erkki – Erkkihän se oli – tehhäänkö diili? Maksaisin sulle, jos saisin laittaa näistä pari tuohon näyteikkunaan, kun se kilpailu on ohi. Sitä paitsi taiteilijan on hyvä saada töitään esille, eikö?"

Erkki nyökkäsi ujosti. Kotilaisen täti ymmärsi, hänhän oli ammattilainen.

"Kuules nyt Erkki, nämä on kaikki hyviä, hyvin oot näpsinyt. Mitenkä sinä ootkin onnistunut tällä tavoin? Joku kikka sinulla on ollut?"

"No laavu vaan, sellainen..."

"Laavupa tietenkin, eihän se kettu anna muuten kuvata. Piilosta sitä pitää vaania, vaaris opetti, eikö? Topi tiesi kyllä kaiken valokuvauksesta. Kyllä minä oon ihan ihmeissäni näistä sinun kuvistas. Minkäs sinä nyt ajattelit sinne kilpailuun valita? Oisko tämä tässä paras? Tai sittenkin tuo, siinä on vauhtia ja näkyy parin naamat niin hyvin. Ihan kuin katsoisivat kameraan?"   Kotilaisen täti halusi jo itse valita sen kilpailukuvan.

Oven kello kilahti, joku mies tuli passikuvia otattamaan. "Anteeksi Erkki, jatka sinä vaan. Osaat kyllä, olet tosi taitava poika. Tulen kohta takaisin."

Passikuvamies odotteli kuviensa kuivumista ja täti tuli katsomaan Erkin kuvatilauksen etenemistä. "No hyvinhän se sujuu, sullako on kilpailukuvan koko tiedossa ja..?" Meeri Kotilaisen mieli teki mainita, että hän oli kilpailulautakunnan puheenjohtaja, mutta hän malttoi olla kertomatta sitä. Muut jäsenet olivat pankinjohtaja, joka kyllä olisi hänen kanssaan samaa mieltä ja valokuvaaja Hyppönen. Tämä saattoi olla mitä mieltä hyvänsä, mutta puheenjohtajan ääni ratkaisisi. "Ja nämä ovat sitten viikon päästä valmiit, tuletko silloin hakemaan, niin laitetaan se kilpailukuva sitten täältä heti eteenpäin." Täti taputti Erkin olkapäätä kevyesti.

"Vähän mulla on alan ihmisenä sellainen hytinä, että tämän nuorenmiehen ketunpoikakuva kyllä noteerataan siinä pankin kilpailussa!" täti sanoi Erkille hymyillen salaperäisesti ja meni ottamaan passikuvamiehen kuvia kuivurista. Hän leikkasi kuvat ja ojensi ne kotelossa hermostuneelle odottelijalle. Tämä maksoi ja kiiruhti tiehensä oven kilautuksen saattamana. Erkki oli jo pakannut kameransa takaisin reppuun ja otti Kotilaisen tädin ojentaman vastakuitin tilauksestaan.

"Sitäpä minä tässä vielä mietin, että mistä sinä ne ketut keksit? Sen pesän? Ihan itsekö löysit?" täti kyseli.

"Ei kun vaari. Se sanoi jo aikaa sitten, että siellä olis ketunkolo. Että sieltä leijuu sellainen hyeenan haju..."

"Kojootin", korjasi vaari. Erkki säpsähti ja katsoi sitten Kotilaisen tätiä pitkään. Oliko tämäkin kuullut? Ei nähtävästi ollut.

"Vai että hyeenan haju! Salli mun vanhojen korvieni kaikkea kuulla", täti huudahti pää kallellaan. Hymy oli leveä, vinot hampaat paljastava, mutta epäileväinen.

"Nii-in, taikka kojootin", korjasi Erkki kiireesti ja hymyili ujosti takaisin rypistäen vähän kulmiaan. Vaikka Kotilaisen täti päivitteli, hän ymmärsi jutut. Täti oli alan ihmisiä.

Sormus

Pariisin lentokentällä oli kenttävirkailijoiden lakko. Tietenkin, se on niiden arkea. Kanervalla ei ollut mahtia tehdä asialle mitään. Hän oli aikonut lentää Suomeen jo edellisenä päivänä, mutta force major on force major huolimatta siitä, että kyseessä olivat mummin hautajaiset. Mummi tuskin panisi pahakseen, vaikkei hän ehtisi. Kuolleethan eivät ole sitä eivätkä tätä mieltä, mutta jos mummi vaikka tarkkailisi tätä kaikkea sieltä jostakin, Kanervalle hän kyllä sallii myöhästymiset siinä missä oli aina sallinut kaiken muunkin. Kanerva oli mummin lempilapsenlapsi, se ei ollut jäänyt kellekään epäselväksi.

He istuivat eräässä lentokentän hälisevistä baareista odottamassa lisätietoja. Ihmiset tulivat ja menivät, vetolaukut kolisivat, lapset karkailivat vanhemmiltaan. Kamelinkarvaulsterin liepeet tuulettivat Kanervan vetolaukkua, kun tyylikäs mies kiiruhti ohi olutlasi toisessa kädessään ja toisessa puhelin, hankalasti korvalla. Kovaäänisten epäselvät kuulutukset kaikuivat taukoamattomana virtana.

Jean-Claude oli mietteliäs, käsi liikutteli kahvikuppia. Hän istui katsellen ohikulkijoita, kulmat hieman kurtussa, niin kuin olisi tärkeäkin asia ollut pohdinnan alla. Kanerva tunsi, että jotain oli tapahtunut keikan viimeisinä päivinä. Ensin hän ei ollut tajunnut sitä. Olihan siinä ollut kiirettä, sopimisia, harjoituksia, uusia ihmisiä. Jean-Claudella oli uusi projektikin alullaan. Sitä oli pitänyt alustaa, samoin ne lukuisat akuutit asiat. Ehkä se oli ollut vain sitä. Tai sitten... Kanervalla oli pahat aavistukset, mutta hän ei saanut kysyttyä. Hän pelkäsi vastausta. Hän ei vielä ollut valmis kuulemaan, että tämä oli nyt ohi. Ei vielä, piti saada valmistautua, piti ehtiä panssaroida sielunsa, kovaksi ja kiiltäväksi. Siihen eivät mitkään pettymykset uppoaisi. Ei mitään lupauksia oltu annettu, kyllä hän sen tajusi. Omaa mielikuvitusta kaikki. Tietenkin tämä oli ollut Jean-Claudelle vain ajanvietettä, yksi suhde loputtomassa jonossa. Uusia tähtiähän tuli Jean-Clauden elämään sitä mukaa, kun entisiä meni. Niin se oli. Mitä ihmettä hän olikaan kuvitellut, typerä nainen! Olisi pitänyt pysytellä vain työsuhteessa, olisi pitänyt jaksaa vastustaa noita silmiä, intensiivistä katsetta.

Kurkkua kuristi, silmiä kirveli. Ahdistava tunne kasvoi , täytti koko pään. Pitäisi pian päästä pois.

Naivia oli ollut kuvitella, että Rivieran matka olisi joku käännekohta heidän pikkuromanssissaan.

Että Jean-Claude muka oli järjestänyt sen romanttiset aikeet mielessään. Katastrofi koko matka! Ilmoitus mummin kuolemasta, epävarmuus tilanteesta Jean-Clauden kanssa. Kanervasta tuntui, että esiintymisissäkin oli ollut säröä. Jean-Claude oli varmasti huomannut, ettei hän lopultakaan mikään kaksinen laulaja ollut. Kaikki mummin opit, korkeakouluopinnot ja kalliit laulutunnit Helsingissä siltä uuden tekniikan gurulta, turhaa vaivaa. Lahjat olivat enemmän mielikuvissa kuin todellisuudessa, kolmas sija Voice of Finlandissa, pirun huono sijoitus. Mitä väliä! Huono vuosikerta, kyllähän siinä ylsi kolmannelle sijalle vaikka variksen äänellä. Kanerva pyöritteli sormustaan, yritti hänkin katsella välinpitämättömänä ohi rullaavaa vetolaukkujen paraatia. Piti puristaa salaa pikkusormea, että sai kyyneleet pysäytettyä juuri ennen kuin pato murtuisi. Lentokentän baarissa mies ensimmäisen kerran kommentoi Kanervan sormusta. Kun Kanerva oli mummin kuoliniltana illallispöydässä yrittänyt kertoa, että yksi mies, mummin vanha ystävä, oli juossut hänen peräänsä ja tuonut sormuksen, Jean-Claude oli vain katsahtanut häneen ja hymähtänyt toisesta suupielestään. Ei varmaan ollut edes kuullut. Nyt hän huokasi pitkästyneen oloisena, antoi sitten katseensa siirtyä Kanervaan. Suupielet vetäytyivät teennäiseen hymyyn.

"Keikka meni putkeen, sinusta on tulossa hyvä, Kanerva. Todella hyvä." Sitten hän otti Kanervan oikean käden käteensä ja katsoi nimettömän sormusta. Pyöritteli sitä. "Erikoinen, todella kaunis, yksinkertaisen tyylikäs…Jännästi hennot sateenkaaren värit, opaaliko tämä on?" Kanervan vastaus kuulosti nyyhkäisyltä: "Niin, se on… On, on se opaali, tuo kuulemma epäonnea", hän yritti naurahtaa. Mutta Jean-Clauden huomio oli jo muualla, hän veti kätensä pois ja alkoi kulmiaan rypistäen puhua näistä ainaisista lakoista. Miten ihanat hänen silmänsä olivat, savunharmaat, erikoinen väri. Ja ne kiiltävän mustat ripset. Katso minuun, älä muualle! Mutta Jean-Claudesta tämä lakkoasia oli tällä hetkellä se olennaisin. "Vievät tavallisen työtätekevän aikataulut ihan sekaisin.Jaksa tässä nyt olla solidaarinen…Toivottavasti pääset lähtemään tänään, minun on ihan pakko mennä tapaamaan Georgea. Soitellaan sitten jatkosta", hän vilkaisi Kanervaa, kylmän bisnesmäisesti. "Minä en nyt sitten sovi sinulle mitään, mutta jouluhan on jo..."

Kanervan kurkkua oli kuristanut. Noinko vain? Tällaista puhetta tässä nyt vain pidettiin? Oliko tämä nyt sitten loppu, näinkö Jean-Claude sen teki? Tulisiko tekstiviesti perästäpäin? Se oli nykyisin tapana, eroilmoitus tekstiviestinä. Opaalisormus, mummin sormus, hän pyöritteli sitä nyt itse, muka keskittyen pelkästään siihen. Opaali toi murhetta ja epäonnea. Sellainen oli uskomus. Sitä oli mummikin sanonut, vaikka oli aina kantanut sitä.

"Sen antoi isäs isä, kun sun isä syntyi. Kun isäs kuoli sitten, ajattelin, että sitä se sormus tiesi, sitä ja paljon muutakin", mummi oli huokaissut joskus kauan sitten, silitellyt sormustaan hetken ja vaihtanut puheenaihetta. Pienenä sormus oli ollut Kanervan mielestä ruma. Kiveä ympäröivä kultakin oli jotenkin haalistunutta. Jotkut lehdykät muka pitelivät kiveä, joka oli kuin sumea kastepisara. Timantteja siinä kuului olla. Mikä se nyt tuollainen väritön kivi oli, ei mitään loistetta ja kimmellystä. Äidin sormuksissa timantit hehkuivat, niissä sateenkaaren värit ihan säkenöivät. Äiti se halusi aina loistaa ja säkenöidä. Vanhempana hän ymmärsi, että äiti oli mauton. Ehkä mummin yksinkertainen, näyttävän tyylikäs olemus kasvatti hänet huomaamaan sellaisen. Mutta teini-iässä mummin sormus vielä tuntui toivottoman vanhanaikaiselta. Arsenikkia ja vanhoja pitsejä. Ja opaaleja, huh. Murhia Agatha Christien tapaan.

Eron hetkellä Jean-Claude hyväili häntä kevyesti niskasta, katsoi syvälle silmiin. "Pärjäile, tyttö. Hyvää Suomen-matkaa. Ei voi kai oikein toivottaa hyviä hautajaisia", Jean-Claude naurahti, taputti vielä kevyesti olalle. "Mutta koeta kestää se kaikki, olen hengessä mukana". Tuskinpa, Kanerva ajatteli happamesti mutta sydän tuntui pakahtuvan. Suudelmaa mallaava hipaisu molemmille poskille sekä vielä otsalle ja mies meni. Turvatarkastukseen mennessään hän katsoi Jean-Clauden suuntaan, mutta näki vain loittonevan selän. Käänny, katso tänne, käänny! Kanerva huusi mielessään. Mies ei kääntynyt, kiirehti vain menojaan.

Kanerva heitti kiireesti tavaransa hotelliin, paikkakunnan ainoaan, ja jatkoi suoraan Kanervalaan.

Sisko oli siellä organisoinut järjestelyt, Yrjänä oli varoitellut puhelimessa."Siellä se Synnöve pyyhältää ees taas kuin maailmanloppu ois tulossa, parasta kait pysyä poissa jaloista. Hyvä jos Elsakaan uskaltaa sisälle." Veli oli tarjoutunut hakemaan hänet ihan Helsingistä asti tai ainakin paikalliskentältä, mutta Kanerva oli vakuuttanut selviävänsä yksin. Yrjänä oli aina niin avulias, hössöttävä kyllä, mutta avulias.

Yrjänän vaimo Elsa kiirehti eteiseen, kun kuuli, että ovi kävi."Hei vaan Kanerva ja tervetulloo. Näihän tässä sitten kävi, pitihän se tietää. Jotta ikävissä merkeissä...", käly hymyili sisäänpäin, yritti näyttää surulliselta. Kanerva tiesi, että mummin poismeno ei Elsaa isommin liikuttanut, mutta murheelliselta kuului näyttää. Sitten kälyn ilme kirkastui: "Sinnuu on kuule ootettu! Hienoo, kun kerkesit ja tulit. Ja missäs on tavaras? Ethän sie vaan hotelliin...? Oot sie laihtunut? Herrajestas, kohtahan sinnuu ei erota ennää. Mites se kiertue meni? Ottiko voimille?"

"No, kiitos, kyllähän se meni...Ja nyt ollaan sitten täällä." Kanerva yritti väliin.

"Oot sie vaan aika...oot sie aika... Sofia on kovin oottannu. Aatteli, että jos jelppisit häntä vähäsen. Ihana kun ehit sentään." Elsa jatkoi. Hän oli aina ystävällinen, hän tuli kaikkien kanssa toimeen. Puhelias, mutta ystävällinen. Yrjänä ja Elsa olivat sopuisa pari, Kanervan mielestä vähän hömelöitä molemmat, harmittomia kuitenkin. Yrjänä oli letkeä tyyppi, ikinä ei puhunut vakavasti mistään. Elsa kuittasi hankalat asiat käden heilautuksella. Heissä ei ollut tarpeeksi kipinää saamaan edes riitaa aikaan. Käly halasi Kanervaa.

Kanerva heitti takkinsa naulakkoon, sateenvarjo kolahti tutusti korkeaan telineeseen. Tänne ei sopinut pieniä sateenvarjoja tuoda, sinne ne olisivat hukkuneet telineen uumeniin. Mummi oli ollut isojen ystävä, isot lierit, liehuvat liepeet, valtavat korvakorut. Kaiken oli pitänyt olla näyttävää, tyylikästä ja yksinkertaista, ei mitään pikkusieviä siperröksiä. Naisen pittää näkkyy ja olla, oli mummi sanonut ja nakannut niskojaan.

"Hotelliin menin, on se parempi, saa olla omissa oloissaan, ne aamutoimet ja..."

Synnöve-sisko kurkisti keittiön ovesta. "Ai, katohan vaan!" hän tervehti. "Häh, Kanervalleko nyt nämä olot kelpais, niin on tottunut valmiiseen! Vaikka ei taida meidän paikallisessa kestikievarissa sentään viittiä olla tarjolla", hän jatkoi. Ilme peruslukemilla, punainen poninhäntä vaan keikkui. Sekä Synnöve että Yrjänä olivat perineet punertavat hiuksensa Jukka-isältään. "Malttoi sentään maailmantähti mummin hautajaisiin poiketa kiireiltään!" Ei tullut sisko kättelemään, saati halaamaan. Pyyhki käsiään esiliinaan pyörähtäessään takaisin keittiöön. Mummin marimekkoesiliinaan. Kanerva tiesi sen ilmeen: toinen suupieli nousi hymähdykseen.

"Ai, päivää vaan sullekin sisko, kiva nähdä pitkästä aikaa", napautti Kanerva takaisin. Kiukku kihahti vereen, hän tunsi punan nousevan kasvoilleen.

Synnöve ei ollut kiltti niin kuin Elsa. Ei todellakaan, hän oli tiukka täti. Melko jykevää tekoakin. Tuntui paisuvan vuosi vuodelta. Nyt näytti olevan tiedossa pahempaa kuin Kanerva oli odottanut. Hautajaisjärjestelyt näköjään kävivät hermoon. Kanerva vaihtoi katseen Elsan kanssa. Elsa pyöräytti silmiään ja huokasi äänettömästi.

"No miksen olis malttanut, tietenkin, mummi oli minulle läheinen", Kanerva sanoi kireästi. Päässä käväisi ajatus, että parasta olisi häipyä saman tien. Mummi ymmärtäisi, että hän ei nyt jaksaisi alkaa tätä iänikuista. Sitten hän kuitenkin meni Synnöven perässä keittiöön. "Tiedäthän sinä sen, mummi oli mulle…", hän nielaisi lopun, nähdessään Synnöven ilmeen. Synnöven veitsi naputti vihanneksia kiivaasti pieniksi puuhellan viereisellä työpöydällä.

Elsakin palasi keittiöön, istahti keskellä olevan ruokapöydän tuolille ja jatkoi kakkutaikinan vaahdottamista. Sokeri- ja voivaahdon tuli olla valkoista ja ilmavaa, puukauha hieroi aineksia kulhon reunaa vasten kuin viimeistä päivää. Elsa syventyi taikinaansa, ei ollut näkevinään katseiden salamointia sisarusten välillä. Elsa ei halunnut olla osallisena, nolo tilanne jälleen kerran. Synnöve oli pisteliäs lähes aina, mutta erityisesti Kanervaa kohtaan. Kateutta, Elsa oli päätellyt jo aikaa sitten.

"Niinpä juu, varmaan oli mummi sulle niinmaar lähheine, juu, alusta alkaen, ei kai sulle nimmeekään olisi muuten talon mukkaan annettu. Mutta kukahan se täällä on jaksanut mummista huolehtii, ko se lempilaps on vaan maalimalla huijellu? Eikähän se mummin hoitaminen ollukkaan mikkään ihan yksinkertane tehtävä. Potilas oli, sanoisko että ihan vähäse vaativainen. Vanha rouva, Emma-rouva! Hyvä, kun pääsi pois lopultakin, ehkäpä se meikäläisennii olo siitä helpottuu vähitelle."

Kanerva huokasi syvään. Taas tätä. Hän risti käsivartensa puuskaan ja loi katseensa salusiinien yli pihalle. Sadepilvet olivat hajaantuneet. Syyshortensian kukat ryöppysivät komeana vaahtona suuresta pensaasta. Aidan virkaa tekevä pensashanhikkien rivistö loisti keltaisena. Pihan toisella puolen auringon säteet paistoivat takaisin piharakennuksen ikkunoista. Se oli äidin ja Jukka-isän koti.

Miten raskasta tämä tällainen, olisihan se pitänyt arvata. Kaikki pielessä. Aina piti siitä talon nimestäkin jotain lohkoa. Aina. Kanerva oli kuullut sen varmaan tuhat kertaa Synnöven suusta. Totta oli, että mummi oli ominut hänet jo sylivauvana. Pojantyttären, isin prinsessan. Äidillä ei paljoa ollut sanomista, mummi määräsi. Kun isä sitten kuoli omituiseen kuumeeseen Synnöven ollessa vielä ihan pieni, mummi upotti surunsa lapsen hoitamiseen. Mummin Kanerva, pianon sävelin tuuditeltu. Kanerva oli osannut laulaa jo ennen kuin puhui. Mummi oli opastanut, taikonut flyygelistään surullisimmat soinnut, kauneimmat melodiat. Ja ne laulut. Hän muisti elävästi mummin sylin ja rinnan sisällä kaikuvan äänen, kun mummi lauloi hänelle. Kukaan muu ei koskaan istunut mummin sylissä, ei Synnöve eikä Yrjänä. Vähitellen pianostakin oli löytynyt uusi rytmi, hitaasti avautuvaa hilpeyttä, veikistelevää huumoria, ilakointia, viettelevää kepeyttä. Jatsia. Chansoneita. Isoon saliin ei ollut kenelläkään asiaa, se oli mummin ja Kanervan valtakunta. Äiti oli nuori, eikä kauan ollut jaksanut esittää lesken osaansa. Oli alkanut juosta ravintoloissa ja ties missä huvituksissa. Kohtalaisen pian hän oli löytänyt uuden miehen, Jukan. Silloin he asuivat Kanervalassa, päärakennuksessa. Synnöve syntyi, kun Kanerva ei ollut vielä neljää täyttänyt ja pian maailmaan tupsahti myös Yrjänä. Mummi ei heistä piitannut, eiväthän Synnöve ja Yrjänä olleet enää mummin ainokaisen lapsia. He olivat niin erinäköisiäkin, musiikillisesti lahjattomia, mummin mielestä tuskin muutenkaan mitään ruudinkeksijöitä. Hän ei edes kiinnostunut ottamaan selvää, hänellähän oli Kanerva. Ne toiset sisarukset kuuluivat sille naiselle, Roosalle, joka oli mummin mielestä ollut alun alkaen täysin väärä valinta Olaville. Hänen Olavilleen ei kukaan ollut ollut tarpeeksi hyvä. Mutta minkäs teit, Olavi oli vain itsepäisesti halunnut Roosan. Poikahan oli isäänsä tullut, omapäinen ja päättäväinen.

Mummin kuolinvuoteelle ei Kanerva ollut ehtinyt, mutta he olivat hyvästelleet toisensa jo neljä viikkoa sitten, juuri ennen Etelä-Ranskan esiintymisiä. Kanerva oli lentänyt Pariisista varta vasten tapaamaan mummia, kun Yrjänä oli ilmoittanut, että lopun ajat olivat alkaneet. Mummi oli ojentanut kuulaan valkean kätensä, jonka silkissä suonet risteilivät sinisinä. Hän oli tarttunut siihen molemmin käsin. Mummi, jonka kädet olivat väsymättä hakanneet pianoa: padam...padam...padam... Niin voimallisesti ja dramaattisesti. Mummi, jonka pitkät sormet olivat houkutelleet koskettimista salaperäiset tunnelmat, alakuloiset, miltei vaitonaiset tai viettelevän maagiset soinnut, jotka soivat päässä joskus päiväkausia. Ja hän oli laulanut, iloista ja surullista, ponnekasta tässä-ja-nyt-musiikkia ja hiljaisia kaikuja tuolta puolen. Mummi oli säestänyt, opastanut, oli aloitettu taas alusta, mummi oli nostanut oikean kätensä: nyt, nyt aloita, tästä mukkaan, tällä tahilla, noin just, noin, Kanerva! Just noin! Kyllä siusta vielä tullee..., kyllä siusta vielä kuullaan, sano miun sanoneen!

Mummin paksu, harmaantuva tukka oli heilahtanut, kun hän oli heittänyt päätään, silmät ummessa, nauttien sävelten soljumisesta, kasvot sulaen hymyyn, kun hän, Kanerva, oli osannut, laulanut kuin Piaf, yhtä rosoisesti ja voimalla. Tai kuin joku Miliza Korjus. Mummi punahuulineen, isoine korvakoruineen, iso marimekkokauhtana yllään. Vartalo pianotuolilla huojuen. Kaikki ranskalaiset oli opeteltu, saksalaiset juomalaulut sekä kaikki Amerikan jatsin kulta-ajan laulajat myös. Kanerva ei ollut vielä kymmentä, kun hän matki Ellaa ja Peggy Leetä jo niin, ettei äkkinäinen eroa huomannut. Mummi se oli hänelle kaiken sen opettanut. Varmistanut pääsyn Sibelius Akatemiaan. Itse asiassa Kanerva ei voinut olla ihan varma, oliko mummi jopa puhunut hänet sisälle laitokseen, mummihan tunsi kaikki sieltä. Joskus hän olisi voinut vannoa, että Sibelius Akatemia oli mummin ansiota, ei hänen itsensä.

Neljä viikkoa sitten hän oli istunut mummin vuoteen vierellä ja kertonut, että hänellä on parin viikon keikka, tällä kertaa Rivieran kaupungeissa, mutta että hän tulisi takaisin. Mummin oli vaikea puhua, mutta hän oli tajunnut mummin sanoneen, että hän ei olisi täällä enää, nyt oli aika mennä.

"Mie meen universumiin. Ja mee sinäkin, lapsi, valloita maailma!" Ainakin Kanerva oli ymmärtävinään, että niin mummi taas sanoi. Niin kuin oli sanonut aina, jo silloin kun hän oli päiväkoti-iässä.

Mummi oli tuhahtanut muutaman sanan "näistä täällä", Kanerva oli ymmärtänyt, että kyse oli Synnövestä ja Synnöven miehestä, Veijosta. Sitten mummi oli viitannut lähemmäksi ja hymyillyt salaperäisesti. Hän oli kuiskannut, että sormus oli yöpöydän laatikossa. Se oli tarkoitettu Kanervalle. Kyllähän Kanerva sen tiesi, mummi oli maininnut siitä jo vuosia sitten.

"Sitten kun miusta aika jättää, niin jos ei siulle muuta jää, niin jää miun opit ja tää sormus. Tän on siun isäs isä antanut mulle, kun isäs syntyi." Sitä oli kerrattu. Nyt hän sitten oli sanonut, että sormus piti ottaa. Kanerva oli empinyt, mutta mummi oli rypistänyt kulmiaan ja kuiskannut vaivalloisesti. "Minä halluun, että otat. Ota nyt,vie pois, ennen kun nämä ehtivät haaskalle." Kanerva oli juuri ollut avaamassa laatikkoa, kun ovelta oli kulunut koputus ja Vanhatalon Eelis oli kurkistanut sisälle.

"Mitenkäs täällä voijaan, onkos Emman vointi yhtään kummosempi tännää?" Eelis asteli sisään hymyillen leveästi. Eelis oli ikäisekseen suoraryhtinen, vaatteet olivat istuvat ja nuorekkaat, farkut ja mukavannäköinen pusakka. Ei mikään ukkopaha vielä, hiuksetkin päässä, vaikka alkuperäinen väri oli jo aikaa sitten vaalentunut tuhkaksi.

Mummi oli hymyillyt ja puistanut väsyneesti päätään. Mitä tuo nyt taas tuossa teki, kertoi ilme. Samaan aikaan hyvillään ja ärtyneenä. Eelis ravasi Kanervalassa alvariinsa. Mummin tuttu vanhoilta ajoilta, suurtilallinen, aikoinaan kylän mahtimiehiä. Miksei vieläkin. Valtuuston hän oli kuitenkin jo jättänyt, vaimon viimeiset vuodet olivat vaatineet hänen läsnäoloaan. Eelis oli hoitanut yhä kärttyisemmäksi dementoitunutta vaimoaan uskollisesti. Nyt Eelis oli leski. Virallisesti vapaa.

Elsa siitä oli maininnut jo aikaisemmin. Että Eelis vaikuttaa melkein kuin olis kosiopuuhissa. Niin on alkanut kovasti visiteerata.

Mitä vielä, ystäviä ne ovat, oli Kanerva tuuminut. Mitä ne nyt vanhat ikäloput muuta. Aina ne olivat tunteneet, ihan nuoresta. Eeliksen vaimo oli ollut vaikea jo ennen sairastumistaan, ehkä lapsettomuus oli kalvanut. Eeliksestä oli mukava jutella samanhenkisen ja selväpäisen ihmisen kanssa. Maailman asioista ja oman kunnankin. Kinastelivatkin joskus, mummi oli eri mieltä kunnan terveydenhuollosta ja asemakaavoista, maan hallituksesta ja EU-politiikasta. Kanerva oli joskus parisenkymmentä vuotta sitten sattunut näkemään mummin ja Eeliksen kaupungissa. Puiston reunalla jalkakäytävällä. Jotain tiukempaa sananvaihtoa siinä oli käyty. Mummi oli mennyt taksiin ja Eelis oli jäänyt neuvottoman oloisena seisomaan jalkakäytävälle. Ei hänelle tullut mieleenkään, että heidän välillään olisi mitään romanttista. Mummi ei koskaan puhunut Eeliksestä sen enempää, eikä Kanerva tietenkään ollut kysynyt mitään. Hän oli oikeastaan jo unohtanut koko välikohtauksen. "Nyt on pakko lähteä, mummi", Kanerva oli huokaissut ja sipaissut mummin poskea. Onkohan tämä viimeinen kerta, hän oli ajatellut ja hengittänyt syvään, ettei liikutus olisi pilannut tätä hetkeä. Eelis oli istahtanut vapaaksi jääneeseen tuoliin.

Mutta kun hän oli ehtinyt pihalle, oli Eelis kiiruhtanut perään. Huohottanut kiireissään, kunto ei sittenkään ollut enää ihan sama kuin nuorena.

"Ootahan Kanerva, oota tok. Mummis hättäili, että tämä pitää ottaa!" Hän ojensi tulitikkurasiaa. "Elä oo niin hämmästyny, siel on se sormus. Laitoin kiireessä, ettei huku, ko on niin pieni. Emma hättäili, että nyt se män. Mie sanoin, että ehin vielä takkuulla." Eelis oli hymyillyt koko naamansa leveydeltä. "Noh, otaha, tyttö. Ja hyvvää matkaa sinne maalimalle!"

"No, kai se on otettava. Mitä se mummi nyt siitä niin… Luuletko, Eelis, että se on nyt mummilla menoa?"

"Pahoin pelkään, ei se oo nuin huonona millonkaan ollut. Jotenkin on niinko luovuttanna. Ja sannoo ite tuntevansa, että lähtö on eessä…", Eelis puristi huuliaan yhteen ja nyökytteli päätään.

Vai tulitikkurasiassa, kotiseudun maisema etiketissä! Kaikkea se Eelis keksi. Mitä ihmettä tämä sormus nyt mummille merkitsi, eihän ukki ollut ollut mummille koskaan muuta kuin huonekalu ja purkinavaaja. Hiljainen hissukka, mukava ja ystävällinen mutta kaikki sen tiesivät ja tunsivat, että mummi oli aina halveksinut ukkia. Ukki oli ollut kuolleenakin jo vuosikausia. Mummi tuskin koskaan puhui hänestä eikä haudalla käynyt. Ja nyt tämä hössötys tästä sormuksesta. Ehkä opaalin salaperäisyys kiehtoi tai sitten mummi oli dementoitunut jo pahasti, niin kuin Synnöve väitti.

Ei hän välittänyt sellaista pitää, ei ollut ihan hänen tyyliään. Mummi nyt oli niin tunteellinen, mitä nyt yhdestä sormuksesta. Mutta kun tieto mummin kuolemasta tuli keikan toiseksi viimeisenä päivänä, hän kaivoi sormuksen laukustaan ja laittoi sen sormeensa. Oikean käden nimettömään. Äkkiä tuntui, että niin piti tehdä, mummi näkisi, kävisi tarkistamassa. Ihan tuntui, kuin mummi olisi huomauttanut siitä hänelle. Pitäessään klubilla mikrofonia kädessään, hän tiedosti sormuksen koko ajan, näki sen syrjäsilmällä. Hänestä tuntui, että mummi oli siinä, nyökkäsi hänelle ja hymyili. Kanervasta tuntui, että mummi oli tullut kannustamaan ja auttamaan häntä. Se ilta onnistui paremmin kuin hyvin. Mutta illallisella kodikkaassa ravintolassa, samettiyön ympäröimällä terassilla tunnelma oli ollut outo. Agentti ja hänen artistinsa, ranskalainen JeanClaude ja suomalainen Kanerva istuivat viiniään siemaillen ja vuohenjuusto-salaattiaan näykkien.

Katseet eksyivät vähän väliä muihin pöytiin tai etsimään jotain kiintopistettä ulkoa pimeydestä. Puhumista ei oikein löytynyt, sanomiset tunnuttiin ja sanotun.

He olivat istuneet keikan jälkeen myöhäisellä iltapalalla eräässä rannan bistroista. Kanerva oli katsellut sormustaan, pyörittänyt sitä hissukseen. Hän oli ajatellut, että pitäisi laulaa sitten siellä mummin tilaisuudessa. Luvattu mikä luvattu.

"Minun isoäiti on sitten kuollut", Kanerva oli yrittänyt. Hänen ranskansa ei vieläkään ollut ihan sujuvaa, kaikki kuulosti kömpelöltä.

"Otan osaa…, mutta hänhän oli jo vanha", mies oli vastannut. Eikä muuta.

"Jo kauan sitten lupasin hänelle laulaa muistotilaisuudessa", Kanerva oli sanonut ikään kuin ei olisi kuullut miehen töksäytystä. "Kuolleet lehdet, mummin lemppari."

"Ihan kelvollista tämä viini, tässäkin on vuosikertavaihteluita. Kaksituhattakuusi, hyvä vuosikerta", mies oli sanonut pyöritellen lasiaan valoa vasten.

Kanerva ei todellakaan halunnut jatkaa hautajaisten järjestelyjä keittiön puolella Synnöven tökittävänä. Oli pakko saada vetää henkeä. Tuollainen hyökkäys siskon taholta oli totisesti liikaa heti alkajaisiksi.

"Ja paskat sun kanssas", Kaverva tokaisi ja palasi saliin poskiaan hieroen. Flyygeli oli siinä, samalla paikalla kuin aina. Hän huokasi, jäi tuijottamaan. Teki mieli mennä ja nostaa kansi, hakea koskettimista se sointu, mummin olemus. Flyygelin takana hän oli näkevinään mummin kasvot. Ylpeät, iloiset kasvot. Hänelle mummi hymyili, ei paljon muille. Muista hän ei piitannut, Roosa-äiti toi mummin kasvoille lähes huomaamattoman kulmain kohautuksen, Synnöve oli mummille kuin punainen vaate, Yrjänä yhdentekevä. Aina oli näin ollut. Ihan pienenä hän ei sitä huomannut, hän nautti vaan mummin läheisyydestä ja huomiosta. Mutta teini-ikään tullessa kuviot olivat jo selvinneet. Minkä hän voi sille! Pakkohan sitä oli vain elää ja olla. Yrittää olla hyvä, parempi kuin olikaan. Jos hän olisi ollut ihan rehellinen, niin olisi ollut myönnettävä, että hän oli kyllä nauttinut etuoikeutetusta asemastaan.   Mutta ne ajat olivat nyt takana. Mummia ei enää ollut, kukaan ei pitänyt hänen puoliaan! Äitiä hän ei tuntenut ollenkaan, saati sitten Jukka-isää. Ihan persoonattomia, tasapaksuja ihmisiä. Hänellä ei ollut mitään sanottavaa kenellekään koko porukasta. Synnöve ja Veijo, Ylermi ja Elsa. Ihan sama, vaikka heitä ei olisikaan.

Voi Jean-Claude, miksi sinäkin petit juuri nyt, etkö voinut odottaa! Kanerva tiesi, että nyt ei saanut antaa periksi tunteille, nyt oli purtava huulta, jatkettava matkaa. Luhistua voisi huomenna, ensi viikolla. Sitten voisi kietoutua itsesääliin vapaasti ja pitkäksi aikaa. Jäädä sängyn pohjalle jonnekin, Pariisiin tai Helsinkiin.

Kustavilaistuolin takaa pisti esiin lasermiekka.

"Haa, sinut on nähty, Onni!" Kanerva sanoi väsyneesti.

"Haa, ittes on tapettu", vastasi miekan jatkona oleva mukula vihamielisen oloisena. Se oli Onni, Synnöven nuorimmainen, kuusivuotias.

"No hei kamoon", sanoi Kanerva. "Noinko sä sanot tädilles, mä oon sentään syönyt jymyhunajaa Maailman Vahvimman Nallen isoäidin jättipurkista, älä kuule tuu mulle ollenkaan isotteleen!" Kanerva yritti ponnettomasti. Saamarin kakara, häivy.

Poika ei häipynyt, vaan ponkaisi pystyyn: "Mut mä oon Jani-Petteri, enkä mikään Onni, vaikkei mullei oo sellasii kalsareita,haittaakshe? Eikä mulloo oikeeta JP-tukkaa, haittaakshe?" Mutta rillit kuulemma oli, sen Onni muisti huomauttaa. Melkein samanlaiset kuin Jani-Petterillä, piipunrassista väännetyt. Ja iso reppu selässä.

Mitä idioottihommaa tuo nyt taas on, ehti Kanerva miettiä. Tuijottavat liikaa teeveetä, ainoat opit tulevat sieltä. Mokoma mukula. Molemmat Synnöven lapset olivat vauvasta lähtien tuntuneet Kanervasta suorastaan vastenmielisiltä, ulkoisesti samanlaisia olmeja kuin isänsä, luonne pisteliään näsäviisas kuten äidillään. Missähän se toinen riiviö luurasi? Hän hymyili hajamielisen ystävällisesti lasermiekalle ja päätti sitten antautua keittiölle.

Eteisaulassa hänet tyrmäsi auki lennähtävä vessan ovi. Sen takaa kantautui lapsen äänekäs huuto syyttävään sävyyn: "Kuka on jättänyt vessan kannen auki!? Fenksuin mukaan siitä seuraa ihan mielettömästi rahan menoa ja onnettomuutta! Kiinalaiset sen on ihan ensteks keksinyt ja se on totta. Vessan kantta ei saa jättää auki, seuraa köyhyyttä ja ja ja …kuolemaa", viimeinen sana sanottiin kolkolla äänellä. Esiin ilmestyi rätti kädessään Viivi, Onnin vuotta vanhempi sisar. Kanerva asetti kätensä puuskaan ja tokaisi tarpeettoman kiukkuisesti: "Noinko on? Niinkö ne kiinalaiset opettaa?"

Viivi jäi tuijottamaan häntä ja sanoi sitten haudan vakavana, matalalla äänellä: "Se on varmaan ollut Yrjänä-eno tai Elsa-täti. Yrjänä-eno varmaan, se pissaakin pytyn viereen. Meidän isi ei tee niin. Se ei oo sika."

"Kuulepas sinä tyttö, eiks tuo nyt oo tyhmää? Ei kannata ihmisiä syyttää vastoin parempaa tietoaan, varsinkaan noin mitättömästä asiasta. Ja noinko sinä tervehdit tätiäs?"

Tyttö sai varmuutensa takaisin alta aikayksikön ja tuhahti pelkästään. Samassa hän kiepsahti keittiöön ja kuulutti kovalla äänellä Synnövelle: "Äiti, sä olet oikeassa, se vihaa lapsia. Se sanoi mua tyhmäksi ja ettei mulle ole parempaa tietoa. Onhan mulla, eiks olekin?"

"On kulta, onpa tietenkin. Elä sie välitä Kanerva-tädistä, se on vaan katkera, kun ei ite voi saaha lapsia", Kuului Synnöve valistavan tytärtään juuri kun Kanerva astui keittiöön. Hän pysähtyi ovelle.

"Mitäh? Kuka sinulle on sellaista sanonut?"

Synnöve pysähtyi askareissaan, pyörähti ympäri Kanervaan päin. Kohotti kulmansa ja pyöristi suunsa ennen kuin sanoi sanasensa.

"Noh, sisko hyvä. Oothan sie jo pian neljäkymmentä ja luuhannu ijät ajat sen siun ranskikses kanssa ja ketä niitä olkaan sitä ennen. Melkone lauma. Selvähän se o. Eikä millään pahalla, ihan ystävyyvellä," hän kallisti päätään esittäen muka myötätuntoista, "varmaan katkera pala siulle."
Kanervan suu loksahti auki. Hän kuuli itsensä sanovan: "Jumalauta sun kanssas, jumalauta... Ensinnäkin täytän ensi kuussa kolmekymmentäkuusi. Ja toisekeeen sinä eikä sun kakaras tiedä mitään minun lapsenteosta. Eikä se teille kuulu sentin vertaa." Suusta pyrki vielä tulemaan jatkeeksi, että lapsettomuus olisi siunaus, välttyisi samanlaisilta älykääpiöiltä kuin Synnöven ja sen tahvon miehen, Veijon, mukulat. Mutta jokin sentään pidätti. Lapsethan eivät itse voineet tietää, miten tyhmiä ne olivat. Yleensä he kasvoivat myös aikuisiksi autuaan tietämättöminä tästä vähemmän imartelevasta ominaisuudestaan ja asia ei valkenisi heille itselleen kuuna kullan valkeana.

"Äiti, se kiroili, kuulitko?", hän kuuli Viivin sanovan pikkuvanhasti ja ehti nähdä Elsan myötätuntoiset silmät juuri, kun Yrjänä tuli takaa ja läppäsi häntä olalle.

"No, mitäs ne tytöt täällä, valmistelut kiivaimmillaan? Ja pientä nahistelua siinä sivussa vai, niin kuin aina? Siskosten kinastelua, niinpä. Muistakaapas tytöt, rakkauvesta se hevonenkii potkii..." hän selvitti hilpeällä äänellä.

"Eikä perkele potki!" puuskahti Kanerva ja marssi ulos keittiöstä.

Hän oli päättänyt olla soittamatta Jean-Claudelle. Nyt oli tehtävä irtiotto ja mietittävä elämän jatko. Nyt oli nolla-piste. Taas. Jälleen. Kerran. Elämässä. Vai vielä luuhannut kauan ja lasta ei vaan kuulunut! Voi paska, sekin vielä tässä! Hautajaisten jälkeen hän miettisi. Helposti hän saisi muutaman kotimaan esiintymisen tähän väliin, joulun tienoo oli jo myyty Ranskassa kauan sitten. Jean-Clauden kanssa saisi yhteistyö hiipua vähitellen, ammatillisuus saisi tukahduttaa rakkauden, vähitellen, hienotunteisesti. Ilman riitoja, ilman puheita. Tämän jälkeen ei enää ketään, ei koskaan. Nyt hänestä sukeutuisi salaperäinen, etäinen, sulkeutunut, surumielinen. Kun hän nauraisi tai edes hymyilisi, niin kaikki tajuaisivat, ettei se ollut onnellisen naurua tai hymyä, se olisi haavoittuneen ihmisen naurua ja hymyä. Mutta työtä oli saatava. Ehkä hän lähestyisi kotimaan markkinoita varovasti. Pitää alkaa selvittää kontakteja, Halmeen Patehan nyt ainakin voisi auttaa ja olihan niitä muitakin. Kyllä yhteydet löytyisivät, sitten kun hän jaksaisi, sitten joskus. Ehkä nyt alkaisi virrata niitä omia lauluja. Ehkä runosuoni viimeinkin löytyisi ja se sävel. Surusta syntyvät suuret tunteet.

Jean-Claudella oli vastaaja päällä. Kanerva ei sanonut mitään, sulki vain puhelimen. Jäiköhän numero näkyviin? Tyhmä, tyhmä, hän toisteli tarkoittaen itseään ja naputti puhelimella otsaansa. Miksi mun piti soittaa, juuri kun olin päättänyt? Miksi? Samperi. Anna voimia, hän rukoili.

Yrjänä astui ensimmäisenä ne pari porrasta arkulle sinivalkoinen kukkalaite käsissään. Musta puku roikkui hartioilta. Elsa ja Sofia seurasivat. Elsan pillerirasian peittämä pää oli kallellaan ja katse jotenkin tekopyhän hartaassa kulmassa. Sofia sen sijaan katsoi puolittain hymyillen olkansa yli Kanervaan, joka seurasi veljen perhettä. Sofian katse oli vakaa ja omistava, ihan kuin hän olisi halunnut julistaa koko seurakunnalle: katsokaa, tässä on minun tätini Kanerva. Minun julkkis-tätini. Yrjänä painoi leukaansa alas, suupielet oli pakotettu tiukalle viivalle. Kädet tärisivät vähän, niinpä koko kukkalaite oli pienessä kahinassa, kun hän kumartui laittamaan sitä arkun reunalle. Elsa tönäisi häntä, Yrjänä tajusi heti, että värssy oli luettava, ei kukkia ihan noin vaan sovi arkun syrjään tökätä. Yrjänä luki nauhasta jähmeästi: ”Kauan jaksoit mummi-kulta, viimein uupui voimat sulta, Emma-mummin muistoa kunnioittaen Elsa, Yrjänä ja Sofia.” Sitten Yrjänä asetteli kimpun. Se jäi huterosti kyljelleen. Kanerva tunsi, että mummi hymyili hänelle jostain sivummalta ja iski silmää. Teki mieli käännähtää ympäri katsomaan, missä se mummi leijaili. Häntä olisi naurattanut, mutta hän hillitsi itsensä. Hän poimi omassa tummanpunaisessa ruusukimpussaan olevan kortin käteensä ja luki: ”Kun aika on, pitää nostaa purjeet ja lähteä, pitää siirtyä uuteen seikkailuun, jättää kaikki entinen. – Ajatukseni seuraavat sinua, mummi-rakas. Kanerva.”

Juuri kun hän laskeutui arkulta Yrjänän perheen jäljessä, Viivi heläytti kuuluvasti: ”Kato äiti, sillä on se sormus! Ei sitä ollutkaan Elsa-täti varastanut, vaan Kanerva-täti oli!" Synnöve kurtisti kulmiaan ja nykäisi tytön olemaan hiljaa, mutta Viivi oli selvästi kiihdyksissään. Ei yhtään tajunnut, että ääneen möläytykset siunaustilaisuudessa olivat kiellettyjä, kuinka tärkeitä paljastuksia sitten ikinä olivatkin. Välittämättä äitinsä nykäisyistä Viivi kääntyi tuijottamaan ohikulkevan Kanervan kättä, siirsi sitten katseensa tämän kasvoihin, katsoi tuimasti ja voitonriemuisesti. Nyökkäsi oikein ikään kuin paljastuksensa varmistukseksi. Varas-Kanerva! Penkin päässä istuva Onni antoi lasermiekkansa vajota hieman Kanervaa kohti ja katsoi hänkin tätiään suorastaan murhaavasti.

Typerä kakara. Molemmat yhtä tyhmiä, vanhempiinsa tulleita.

Vasemman puolen penkeillä kävi supina, Lehtosen rouva leveälierisessään kumartui sanomaan jotain Koikkalaisen Tuoville. Koikkalainen itse istui heidän välissään ilmeettömänä kuten aina.

Heti heidän asetauduttuaan penkkiin, Sofia kumartui kuiskaamaan, että hänellä olisi myöhemmin sitten asiaa. Sormuksesta varmaan, Kanerva ajatteli. Puhelin laukussa tärisi. Hän kaivoi sen esiin. Arkulla alttarin edessä olivat mummin kaksi ystävätärtä. Kolmas siitä ringistä oli niin sairas, ettei ollut jaksanut tulla. Tämän kolmikon kanssa oli mummi viettänyt monet rattoisat illat Kanervalan kuistilla. Oli laulettu ja naurettu. Maisteltu viiniä. Vanhat rouvat esittivät siinä nyt arkulla duettona toisen ja kolmannen säkeistön laulusta Sua lähde kaunis katselen: "Mä näitä nähden aattelen nyt oo-oomaa sieluain…"

Vai sormus se nyt on syynissä, Kanerva ehti ajatella kurkistaessaan puhelimen näyttöä. Soitto oli jo lakannut. Jean-Claude? Ei, Tiina se oli ollut. Tiina Pariisista. Sillä oli varmasti joku idea laulujen suhteen. Tiina suolsi säveliä ja sanojakin. Miksei hänkin pystyisi kun oikein yrittäisi? Ja nyt tuli tekstari, hän lukisi myöhemmin. Sivusilmällä hän näki, miten Viivi kurkisteli vanhempiensa ylitse häntä. Siellä se mokoma pienikokoinen täti irvisteli hänelle kulmiaan kohotellen ja tökötti sormellaan omaa sormeaan. Sormus, sormus!

Arkulle asteli seuraavaksi Eelis, paita hohti valkoisena ja musta puku roikkui vähän. Ryhtikään ei tänään ollut ihan entinen. Eelis huokasi ja sanoi sitten muutamia muodollisuuksia, muistoa kunnioittaen - tyyliin, laittoi kukkansa vaivalloisesti muiden jatkoksi, keltaisia ruusuja. Kädet tärisivät hieman. Harmaat hiukset olivat sileiksi suitut. Missähän ominaisuudessa se Eelis nyt siinä oli kunnanko puolesta vai pelkkää ystävyyttään? Jälkimmäistä, päätteli Kanerva. Jos olisi kunnan, niin siinähän seisoisi myös jäykkänä joku sihteeri tai kamreeri. Eelis katsoi pitkään arkkua, huulet pyrkivät väpättämään. Sitten hän kääntyi ja nyökkäsi Kanervalle juhlallisen vakavana. Kanervalle, eikä kenellekään muulle. Itse asiassa, Kanervahan se oli mummin sukulainen, kukaan muu ei ollut. Kanerva nyökkäsi takaisin. Yhtäkkiä hän näki Eeliksen uusin silmin, vakavan Eeliksen. Eelis oli yleensä aina naurussa suin. Jutteli, heitti jonkun kepeän flirtin, kyseli kuulumisia. Eelis näytti erilaiselta. Äkkiä Kanerva tajusi, että Eelis näytti siltä, miltä hänen isänsä olisi näyttänyt vanhana. Isän ylioppilaskuva, jossa isä oli vakava. Kanerva päätti ajatella asiaa myöhemmin. Voisiko se ollakin Eelis, joka oli hänen isoisänsä? Olisiko mummilla ja Eeliksellä ollut kuitenkin jotain keskenään, jotain muuta kuin tavallinen tuttavuus tai ystävyys? Miten hän ei ollut aikaisemmin…

Mummin ja Kanervan sukulaisuudesta ei oltu tehty sen suurempaa numeroa. Kun isä oli kuollut ja äiti löytänyt Jukka-isän oli kai ollut jotenkin itsestään selvää, että he edelleen asuisivat Kanervalassa. Äiti ei ollut koskaan antanut ymmärtää, että edes miettisi muuttoa, Jukka-isäkin oli ilmeisesti asuinpaikan mukisematta hyväksynyt. Kanerva ei mummin mielestä olisi saanut kutsua Jukkaa isäksi, niin kuin äiti vaati, niinpä Kanerva oli jo pienenä alkanut kutsua Jukkaa Jukkaisäksi. Usein Synnöve ja Yrjänäkin kutsuivat isäänsä sillä nimellä.

Mummi oli asunut omissa huoneissaan, kahden oven takana. Sinne ei kuulunut lasten nahistelu eikä Synnöven päsmäröinti. Hän ei usein enää käynyt flyygelinkään ääressä suuressa salissa. Synnöve perheineen piti nyt huushollia Kanervalassa. Pitihän jonkun mummista huolehtia, näin Synnöve oli sanonut, kun asuntoja oltiin vaihdettu äidin ja Jukka-isän kanssa. Nyt nämä asuivat piharakennuksessa ja Elsa ja Yrjänä sadan metrin päässä Kanervalasta, entisessä pehtoorin talossa. Siellä se nökötti Kanervalan rakennuksissa koko perhe mummin siipien suojassa, vaikkeivät kukaan mitään sukua olleet! Ainoa oli Kanerva ja hän oli lentänyt pesästä.

Vasta Kanervalaan päästyä Kanerva muisti lukea Tiinan viestin. Se ei koskenutkaan sävellyksiä. "Tapasin JC:n, se antoi ymmärtää, että sulla on joku muu. Epäili, että oisit suunnittelemassa Suomeen muuttoa. Sano, ettei oo totta!" Kanerva tuijotti tekstiä suu auki. Nyt ei ehtisi vastata. Pitää miettiä. Nyt on otettava vieraita vastaan. Nyt on valmistauduttava laulamaan. Kuolleet lehdet ja Nocturno.

Pappi ja kyläläiset. Saamarin Viivi ja sen äiti. "Sulla on joku muu?" Mistä ihmeestä se nyt sellaista oli keksinyt?

Hän naputteli kiireesti kysymyksen Tiinalle: "Hautajaisissa. Soitan myöhemmin, mutta mistä JC noin päätteli?"

"Jostain sormuksesta. Kihlasormuksesta." Tiina tekstasi.

Kanerva seisoi ikkunan luona ja katseli muka, olivatko kaikki nyt mukavasti, saaneet tarjottavaa, Synnöven tekemää pataruokaa ja Elsan leipomia sulhaspiiraita. Isoon saliin oli laitettu pikkupöytiä ja tuoleja, keittiötä lähinnä olevan oven vieressä oli seisova pöytä, jolla oli monenlaista tarjottavaa. Jänispataa, laatikoita, salaatteja ja kotikaljaa.

Hän istuutui paikalleen isompaan pöytään pastorin toiselle puolelle parhaiksi kuulemaan, miten Synnöve selitti hymyssä suin pastorille, että mielelläänhän hän mummia oli hoitanut, vaikka niin oli ollut vaikea potilas. Pöydän toisella puolella istuva kanttorin Pirjo-rouva oli nyökytellen tuumannut, että hän tiesi, kuinka uhrautuvainen Synnöve oli ja ehkä se nyt sitten perinnönjaossa palkittaisiin.

"Onhan tässä tämä talo ja noita pihapiirin talojakin. Luulisi vanhan rouvan arvostaneen sen verran, että...".

Silloin puheeseen puuttui Vanhatalon Eelis, joka myös istui tässä pöydässä: "Tuota, sallinet, Synnöve-hyvä, ehkä minä tässä yhteydessä voin sen verran mainita, kun satun asian tietämään, meinaan, ettei tule sitten harmia, eikä vääriä puheita sen enempää...". Eelis piti tauon, kaikki odottivat korvat höröllään. Eeliksen ääni oli sen verran kantava, että naapuripöytienkin puheensorina lakkasi. "Niin, tämä talo siihen kuuluvine rakennuksineen ei ollut Emma-rouvan omaisuutta." Hiljaisuus oli käsin kosketeltavaa. "Juu, ei ollut, ei ollut", Eelis jatkoi ja kumartui lautasensa puoleen. Posket hänellä punottivat.

"Vai sillä tavalla", Synnöve sanoi viimein. Hän kääntyi takana olevan pöydän puoleen, jossa istuivat hänen miehensä Veijo sekä Elsa ja Yrjänä muutaman muun hautajaisvieraan kanssa. "Kuulitko Veijo, kuulitko. Mitäs minä sanoin. Ja Yrjänä, minä arvelin jo vähän, että tässä on kyllä koira haudattuna."

Silloin äiti puuttui puheeseen: "Ai luulitteko te ehkä? Ettekö te muka tienneet, että Eelishän nämä mannut omistaa, on aina omistanut."

"Niinpä, niinpä", Eelis sanoi hieman hämillään, surullisen oloisena. Hän pyöritteli kahvilusikkaa kupissa. "Minähän se omistan, hyyryläisenähän se oli Emma... Ja niin jotta sitten ku miustakin aika jättää...", hän vilkaisi avuttomana Kanervaa. Muut eivät sitä panneet merkille, mutta Kanerva tiesi.

"Se on sitten vissiin meillä eessä lähtö", nyyhkäisi Synnöve huulet tiukkoina.

"Eläpäs nyt tyttö hättäile", Eelis sanoi. "Eiköhän tässä nyt sovita..."

Aterian jälkeen pöydän viereen paukahti Viivi. Synnöve sanoi hänelle, että pysyisi vain omassa pöydässään, hän tulisi pian auttamaan Viivin ja Onnin lautasten täyttämisessä.

"Ihan pian saatte kakkua ja mehhuu."

"Mie toin vaan lapun Sofialta. Sofialla on asiaa Kanervalle." Samassa hän tarttui Kanervan käteen ja nosti se ilmaan, ennen kuin Kanerva ehti tehdä mitään. "Katsokaa kaikki, Kanerva-täti on ottanut sen mummin sormuksen, josta puhuttiin!" Tyttö näytti voitonriemuiselta.

"Vai on Kanerva-täti vienyt Emma-mummin sormuksen, no jopas sattui!" lausahti Eelis ääntään korottaen. "Kuulkaas nyt kaikki, sanon minä puolestani. Minä se olen ihan henkilökohtaisesti tämän sormuksen Kanervalle luovuttanut Emman pyynnöstä, koska, koska... jos nyt tarkkoja ollaan, niin itse taisin sen Emmalle antaa joskus nuorena", hän rykäisi ja näytti vähän nololta. Tulikohan sanottua liikaa? Hän naurahti vähän kevennykseksi. Ketään muuta ei naurattanut.

"Sinäkö?"sanoi Kanerva. "Sinäkö se olit?" Sitten Kanervan kasvoille levisi valoisa hymy. Hän kurotti kätensä Eeliksen kädelle. Miksi mummi ei ollut paljastanut salaisuutta? Mummi, joka oli tarpeeksi räväkkä, eikä välittänyt ihmisten puheista. Sen täytyi olla Eeliksen vaimon takia.

Kahvin aikaan Kanerva nousi ja meni flyygelin luo kanttorin kanssa. Mennessään hän nyökkäsi Sofialle. Yhteisymmärryksen hymy käväisi molempien suupielessä. Lapussa oli lukenut

"Lähetkö minun kanssa illalla karaokeen kuunteleen minun laulua. Aattelin pyrkiä Idolsiin." Sopiva ilta karaokelle, Kanerva ajatteli. Mutta mummi ei välittäisi, eikä vaarikaan takuulla. Hän katsoi Eelistä miltei hellästi. Jean-Claudelle täytyisi ilmoittaa, että Suomessa ei kihlattu opaalilla. Eikä pidetty sormusta oikeassa nimettömässä. Itse asiassa, melkoinen juttu, ettei voinut kysyä, ettei voinut puhua. Erikoista. Yhtäkkiä Jean-Claude tuntui kovin etäiseltä.

Kanttori tapaili flyygelistä alkusävelet Kuolleille lehdille. Emma-rouva oli aina ollut melkoinen tapaus.Tällaista musiikkia nyt hautajaisissa, mutta kanttori ei antanut ajatustensa paistaa kasvoiltaan.

Karaoke

Sofia jarrutti ja hyppäsi pyörän selästä polun kohdalla. Ajatus oli iskenyt päähän ihan yhtäkkiä: koivu, se se antaisi tukea, niin kuin aina. Tärkeä ilta, karaoke! Ei hän oikeastaan koivuun uskonut, kunhan muuten vain, vanhasta tavasta tai jostakin. Näin Sofia olisi sanonut, jos joku olisi kysynyt. Pyörän hän jätti tien sivuun, polun alkuun, muisti tällä kertaa lukita. Isi muistutti siitä aina. Ei koskaan tiennyt, ketä täälläkin kuljeksi, isi sanoi. Varastavat pyöriä yhtenään. Olihan se nähty. Edellinen oli kadonnut kaupan edestä ihan keskellä kirkasta päivää. Sofia oli joutunut selviämään Emmamummin ikivanhalla romulla. Mopon hän oikeastaan olisi halunnut, mutta isi oli sanonut, ettei tullut kuuloonkaan.

"Mie en päästä pikkutyttööni mopon selkään, se on ihan saletti. Niin paljon sattuu onnettomuuksii!" isi sanoi ja äiti nyökytteli.

Uusi pyörä oli heleän vihreä. "Tätä ne ei kyllä ihan heti vie", oli isi sanonut naureskellen, kantaessaan pyörää kaupasta. "On sen verran ärtsy väri." Isi olisi aluksi halunnut ostaa vaaleanpunaisen, " miun pikku Sohville" mutta Sofia oli tahtonut vihreän.

"Vaaleenpunanen on kuule iskä sellainen, my little pony-väri, ei sovi ennää tän ikäsille", oli Sofia valistanut. Eihän isi noista tiennyt. Runkoon Sofia oli liimannut kukkatarroja. Ne tekivät pyörästä ikioman. Isikin oli ihastellut. Samanlaista pyörää ei ollut kellään. "Ja kypärä ostetaan sävysävvyyn", päätti isi. Äiti oli samaa mieltä. Isi ei kyllä tiennyt, että kypärä useimmiten istui koko matkan etukorissa. Kampaushan siinä olisi littaantunut.

Polkua astellessaan Sofia hyräili "Sä muistatko metsätien"-laulua. Puu, oma puu, oma koivu. Halaamaan piti päästä, nyt oli se tunne. Hän oli niitä kovasti parjattuja puunhalaajia. Koivu oli hänen äitiammansa. Ja laulu oli kuin mantra. Suomeksi hän yleensäkin lauloi. Oli kyllä opetellut joitakin englanninkielisiä. Ikivihreitä ja ihan loputtomasti oli myös Adelen biisejä tullut harjoiteltua. DVD:ltä, hiusharja mikkinä. Adelehan nyt oli ihan super, ei siitä yli päässyt. Miten se osasikin sellaisia kappaleita tehdä, vaikka oli niin lihavakin. Voisi kuvitella, että se istuisi kaiken aikaa keittiön pöydän ääressä syömässä jotain kermaleivoksia, vai mitä ne mahtoivat Englannissa syödä, kun lihoivat sellaisiksi möykyiksi. Jossakin välissä se joka tapauksessa sävelsi uskomattomia lauluja. Vaikeita oppia. Antoivat senkin James Bond-tunnarin hänelle, johan se kertoi jotain sekin! Vielä hän laulaisi niin kuin Adele, oottakoot vain. Palkeet auki. Tekisi omia laulujakin. Niitähän ei Kanerva-tädiltä syntynyt. Se vaan tulkitsi. Hyvä Kanerva-täti oli, ei sitä sopinut kieltää, mutta pelkkä kappaleiden tulkitsija. Mutta hän, Sofia, hänestä vielä kuultaisiin sekä lauluntekijänä että tulkitsijana. Englantia pitäisi vielä hioa, vaikka kyllä se jo aika hyvältä kuulosti. Suomenkieltä ne tuntuivat silti edellyttävän Idolsissa. Lassin olivat laittaneet laulamaan suomeksi ja monta muuta. Lassi selvisi hienosti, Jonekin oli ollut ihan ällikällä lyöty! Kaiken lisäksi ilman säestystä, niin kuin ekassa karsinnassa pitää. Mutta silti: kuuluu englantiakin osata. Tiedä, jos vaikka joutuisi tilanteisiin. Sitä paitsi maailma muuttuu, maailma muuttuu, niin kuin Emma-mummi sanoo.

Metsä oli jo niin vihreä, yhtäkkiä kaikki taas oli versomassa vaikka pari viikkoa sitten vielä oli vielä heittänyt takatalven. Lunta oli tullut ainakin kymmenen senttiä. Nyt oli ojan reuna leskenlehteä keltaisenaan ja toisella puolen polkua kukkivat jo sinivuokot. Niitä pitäisi kerätä, äidille viedä. Se tykkäisi. Sofia kiersi polun mutaisen kohdan, mutta koivun luona tennarit kuitenkin kastuivat.

Siinä se odotti, oma koivu. Ei se ollut sellainen elokuvien puu, joka levittää oksansa metrien etäisyydelle seisoessaan yksinään keskellä nummea. Tämä oli vain tällainen kotimainen, ihan tavallinen metsäkoivu, aika jykevä kylläkin. Lehteä pukkasi jo kovasti. Koivu oli valinnut Sofian jo vuosia sitten, eka kerran se oli kutsunut, kun hän riparileirin jälkeen itkeä tihrusti pettymystään tällä samaisella polulla. Pettymystä siitä, että Tomi ei ollut sittenkään välittänyt hänestä, vaan oli valinnut Inken. Hän oli jo luullut, kun se oli jotenkin silleen katsonut häntä iltanuotiolla. Olihan se katsellut koko riparin läpi, hymyilty oli ja porukoissa jo muutama sanakin vaihdettu. Muka yleisesti, mutta selvästi toisilleen. Näin Sofia oli uskonut. Oli laulettu kaikki yhdessä, nuotion loimussa. Tomilla oli ihana ääni, syvä ja sointuva. Sofia oli toivonut, että hänenkin äänensä kuuluisi. Että Tomi kuulisi.

"Onneni on olla Herraa lähellä." Silloin viimeisenä iltana hän oli ollut varma. Nyt se tapahtuisi, puhuttaisiin lopultakin kahden, sovittaisiin riparin jälkeisestä ajasta. Oltiin istuttu nuotiolla, sopivasti näköetäisyydellä. Tomi oli katsonut, nostanut päänsä kitaran yltä ja tapittanut suoraan. Ihan totisena. Oli näyttänyt niin totiselta, pipo päässä ja samanlaiset viikset kuin sillä Idolsin Lassilla. Vaan Inke oli kiehnannut siinä sen vieressä. Sofiaa oli se harmittanut, itse asiassa aikatavalla. Hän oli keikauttanut päätään, halunnut näyttää, ettei hän ollut helppo, ei sellainen kuin Inke. Yhtäkkiä se olikin sitten Inken kanssa, konfirmaatiossa ei edes vilkaissut hänen suuntaansa. Sofia oli kelannut ja kelannut: miksi minun piti näyttää niin ylpeältä? Miksi en katsonut suoraan, mitä varten en hymyillyt? Mitä minä siitä Inkestä. Johanna oli jo ihan kyllästynyt koko juttuun ja neuvoi katsomaan vähän ympärilleen. "Kuule, nuita tulee ja menee, näin on marjat!

Senkus valkkaat", oli ystävättären neuvo. Niinno, menneen talven lumia, tottavie. Tomin romanssi Inken kanssa oli kyllä lässähtänyt heti riparin jälkeen. Ja eipä Tomi enää Sofiallekaan ollut kuin kaukainen utukuva. Lievänä kipuna tuntuva, jos tarkkaan kuulosteli. Olihan se pahasti kouraissut, kun oli vastakkain tultu. Siinä se oli ollut, pitkä hujoppi, ihana. Sama pipo päässä ja ne viikset. Huima tunne, mutta sitä Sofia tuskin myönsi edes itselleen. Oli moikattu, mutta seuraavalla kerralla Sofia oli teeskennellyt, ettei huomannut koko kaveria. Kulman takana oli ollut pakko istua kirjakaupan ikkunalaudalle henkeä vetämään. Nyt Tomia ei ollut näkynyt aikoihin ja Sofia oli jo unohtanut hänet täysin. Näin hän vakuutti itselleen joka päivä.

Sofia kietoi kätensä koivun ympärille ja supisi pyyntöjään. Koivun valkea silkki oli niin hienoa. Miten se oli pystynyt sellaisen kehittämään? Varhainen muurahainen etsi samalla korkeudella jotain. Pysähtyi epäröimään, kääntyi takaisin alaspäin.

"Terve koivu, miun amma. Kuule, voisitko vähän jeesata, oisko mahollista? Että pääsisin jatkoon Idolsissa, niin mie siis tarkotan, että uskaltaisin ees laulaa." Hän naurahti nolona, mitähän koivu ajatteli. "Mutta jatkoon myös. Mie aattelisin silleen, että kun mie nyt elän ihan tavallista elämää, niin eikö vois olla mahollista, että yks aamu mie herräisin selepritinä. Siitä mie haaveilen, koivu-amma!" Sitten hän epäröi ja lisäsi: "Ja niin, sitten tuota, poikaystävä, sellainen ihan oikee rakas, sellanen ku…", Sofia huokasi syvään, tämä aihe oli kipeä.

"Pannaanpa mietintämyssyyn", koivu vastasi. Sen kuuli selvästi, vaikka se oli enempi sellaista suhinaa. Koivu kyllä vastaa ja viestittää pyynnöt eteenpäin. Ne sitten toteutetaan jos katsotaan aiheellisiksi.

Hän näki jo polulta Johannan mustan olemuksen. Musta tukka, mustat vaatteet. Ystävä odotteli siinä pyörän luona vaaleanpunaiset kuulokkeet korvillaan, kun hän hyppeli polkua pitkin takaisin päin.

"Näin pyöräs. Arvasin, että kuselle menit", Johanna huusi jo matkan päästä ja irrotti kuulokkeet.

"Elä kailota, joku vielä kuulee", Sofia vastasi.

"Mitäs tuossa nyt on, luonnollinen asia", Johannaa vain nauratti. "Tuut sitten ajoissa meijän kautta, otetaan yhet siiderit, ku laitetaan. Miul on jemmattuna."

"Selevä, käyn vaan kotona noppeesti." Hiukset piti tietenkin laittaa ja meikki. Johannan tukka oli värjätty sysimustaksi. Toiselta sivulta se oli ajeltu ihan lyhyeksi. Sofia oli joutunut tyytymään muutamaan pinkkiin raitaan vaaleassa tukassaan, kun isi oli sanonut, ettei hänelle sopinut musta. "Sie et ymmärrä muojista mittään. Onhan Pakarisen Hannallakin musta letti", Sofia oli yrittänyt.

"Se näyttääki ihan noita-akalta", isiä oli vain huvittanut tyttären tinkaaminen.

"No ei takuulla näytä, iskä! Elä viitti, mie kyllä värjään ja tatskankin aijon ottaa. Pienen perhosen tähän." Hän taputteli olkavarttaan. Mutta tietenkin asia päättyi niin, että isin kanta voitti. "Etpä värjää ja tatskatkin saap jäähä ottamatta niin kauan kun jalakas on meijän ruokapöyvän alla!" Isi sanoi ja kutitti olkapäistä. "Tiijä se, isin rinsessa!" Isi ei ollut koskaan oikeasti vihainen, mutta jämpti se kyllä oli. Äiti olisi antanut periksi, mutta äidin mielipide ei paljoa painanut, kun oli Sofiasta kyse. Sofia oli isin tyttö. Isin silmäterä, niin kuin iskä usein totesi.

Johanna pälätti koko ajan kun hiuksia ja meikkejä laitettiin. Joku kebabpaikan myyjä sillä nyt oli syynissä. Sofiaa ärsytti. Hän olisi halunnut puhua biiseistä, harjoitella vähän. Häntä hermostutti aika tavalla. Tämä olisi ensimmäinen julkinen esiintyminen. Musiikkitunneilla laulettuja sinivalkoisia ei otettu huomioon eikä mikkiin totuttelua Läski-Villen kellarissa. Läski-Villen äiti oli ostanut sille karaokelaitteet, kun sitä kiusattiin. Kellariin oli sisustettu jonkinlainen studio. Jopa loppui kiusaaminen, kun Villen kellarista tuli kokoontumispaikka. Johanna ei ollut kovin kummoinen laulaja, ei pysynyt edes nuotissa ja äänikin oli enempi epävakaa. Siitä lähtien, kun Sofia oli päättänyt, että hänestä tulee laulaja, oli Johanna alkanut tuntua vieraalta, erilaiselta. Hän itse oli taiteilija sielultaan, Johanna ei. Näin se oli.

"Pyörät vaan parkkiin ja menoks", Johanna mesosi kun he ajoivat torin yli pubin eteen. Sarita's Wine Bar oli rakennuksen laidassa, toisella puolella oli Toinin Asuste. Siellä myytiin raappahousua ja flanellista yöpaitaa, kotitakkia ja esiliinaa, sellaista isoäidinaikaista päällepantavaa. Mutta molemmilla yrittäjillä riitti asiakkaita. Saritan naispuoliset asiakkaat kuitenkin hakivat asusteensa paikallisesta osuuskaupasta elleivät sitten ihan kaupungista, iästä riippumatta.

"Kaunottaret sieltä vaan sissään", klani portsari kehotti kettingit helisten lantiolla. Johanna oli valistanut, että tämä oli Samuli, viikonloppuportsari. Hänen veljensä kavereita. "Ja ketäs nää uutukaiset untuvikot on? Onko sitä ikkää?" Tytöt kaivelivat henkareitaan näytille.

"Terve Samuli, et sie minnuu tunne? Antonin sisko, Johanna!"

"No kato, per… mie jo vähä aattelin. Missäs välissä sitä on nuin isoks ehitty? Entäs tää vaalee enkeli?"

Baari oli Sofian mielestä aika tyylikäs. Vähän sellainen siirtomaatyylinen, tummaa puuta ja samettia, messinkiä ja vanhanaikaisia mainoksia, gramofonien ja polkupyörien kuvia. Kiemuraisia tuolinjalkoja, baaritiski katoksineen. Olut- ja viinilasit roikkuivat baaritiskin yläpuolella ja Sarita palveli tiskin takana. Saritalla oli pitkä tukka ja punaiset huulet. Ja hymy herkässä. Paikka oli jo lähes täynnä. Selvähän se, lauantai-ilta ja karaoke. Sofia ei uskaltanut paljon ympärilleen vilkuilla, mutta sen hän pani merkille, että väki näytti heitä vanhemmalta. Johanna ja hän taisivat olla nuorimmasta päästä. Parhaillaan lauloi laiha, pieni nainen täysin palkein Aikuista naista, ohuet kiharat olkapäille valuen. Ei pärjännyt alkuperäiselle versiolle alkuunkaan vaikka kuinka hiveli verkkosukkaan verhottua reittään.

Johanna haki heille siiderit ja samalla biisilistan. "Kuule, tuolla on takuulla se Lassi, vähän jää tuonne nurkan taa. Kurkkaa varovasti."

"Ai se Idols-Lassiko, elä nyt omias puhu, mitä se täällä tekis, sehän on Tampereella. Sehän on stara nykysin, varmaan on joku keikka tännäänkin", Sofia kuittasi ja kulautti jo lasistaan. Jännitys oli saatava kesytettyä.

"No kait nekin pittää vappaata joskus. Täältäpäinhän se on kotosin."

"Ei oo, kun Hämmeestä. Katotaan tätä listaa nyt. Tuut sitten esittämmään miun kanssa sen Uskon kohtaloon, iso tyttö oon." Sitä tytöt oli harjoitelleet niin paljon, että Villen kellarissa jo kyllästyivät. "Myö taijetaan olla nuorimpia, kaikki näyttää ihan ikälopuilta."

"Hei, kato, tuol on se!" Johanna veti henkeä ja jäi tuijottamaan.

"Kuka?"

"No se turkkilainen, se mistä mie puhuin. Sieltä kebab-baarissa. Näin tännään, kun hain meille töihin lounaskebabit." Johanna oli harjoittelemassa meijerin konttorissa. "Se on iiihana! Puhhuu suomee jo, vaikka on ollu vasta vähän aikaa. Se paikka on sen sedän, se baari siis. Kato nyt, eikö oo kuul, tosi hani. Vautsi vau, tuon mie kyllä isken!" Johanna näytti päättäväiseltä tuijottaessaan turkkilaista häpeämättömästi. Mies käänsikin katseensa heidän pöytäänsä, hymyili ja nyökkäsi kevyesti. Sofiasta näytti, että häntä se katseli.

"Ruppeet turkkilaisen rouvaks, niinpä justiisa. Kohta sul on sitte kymmenen kakaraa ja huivi päässä", hän tuhahti vähän nolona siitä, etteivät turkkilaisen silmät todellakaan pälyilleet Johannaa, vaan häntä. "Ja murjotat mökissä sen lapslaumas ja anoppis kanssa kun taas miehes liituaa karaoke-baareissa. Ne on sellasia kaikki, lehessäkin sanottiin", hän lopetti luoden silmänsä laululistaan. Hän ruksasi sieltä jonkun biisin.

Sofian lasi tyhjeni vauhdikkaasti, häntä alkoi hermostuttaa yhä enemmän. Johanna sanoi, että se oli nyt Sofian vuoro hakea uudet juomat. Sen verran hän jo uskalsi kurkata – siiderin vaikutuksella –, että erotti tarkemmin turkkilaisen. Komea se oli, katsoi häntä ihan suoraan. Ja hymyili! Valkoiset hampaat. Mitenkä sitä nyt noin hymyillään vieraalle? Ei täällä ollut sellainen tapana, Sofiaa kiukutti. Sitten hän muisti katsoa kulman takana oleviin pöytiin. Johanna oli oikeassa, ihan näytti Idols-Lassilta tuo yks kaveri. Mutta kun näki vaan sivusta. Ei se se voinut olla, ei millään. Mutta samaa oli näköä.

Laulajat esiintyivät kukin tyylillään, kappaleet olivat laidasta laitaan. Rautakaupan Teemu hoilasi Albatrossia ja karaoke-emäntä avonaisessa t-paidassaan esiintyi itsekin, lauloi Menolipun. Joku poninhäntä-pullanaama mammanpoika esitti Neljää Ruusua, silmät kiinni lauloi. Vähän meni nuotin vierestä, mutta ainesta olisi, arvioi Sofia asiantuntevasti. Laulutunteja ja stailausta vaan. Kyllä Sofia tiesi, olihan hänen tätinsä sentään laulaja.

Äkkiä olikin tyttöjen vuoro. Polvia heikotti, mutta lavalle oli mentävä. Johanna juoksi edellä mustissaan, korot vain kopisivat. Sofialla oli mustat legginsit ja valkoinen tpaita päällysneuleineen. Musiikki ryöpsähti kaiuttimista, sanat vilisivät monitorilla, ihan liian nopeasti ne punastuivat kukin vuorollaan! Kappale oli jo ehtinyt toiseen säkeeseen: "...mä katkon sun peukalon...", ennen kuin he pääsivät kunnolla rytmiin, ja vauhtiin he pääsivät varsinaisesti vasta kertosäkeessä: "Hei kohtaloo-o-o, oon iso tyttö joo-o-o, ja mä päätän sen, kenen oon tai en!" Omaa ääntään ei kuullut, mutta täysillä he hoilasivat. Turkkilainen hymyili, kaikki katsoivat. Johanna pani parastaan, hetkuttikin.
Sofia päätti, ettei hän ole sen huonompi...

Kikattaen he palasivat paikoilleen, aplodit olivat paremmat kuin tähänastisilla esiintyjillä. Turkkilainen sekä samassa pöydässä istuvat pari muuta tyyppiä taputtivat eniten ja pian tyttöjen pöytään ilmestyi uutta juotavaa. Turkkilaisen pöydästä nostettiin lasia.

Ovella kävi trafiikki, tupakoitsijat ravasivat sisään ja ulos, Samuli vartioi liikennettä kuin flegmaattinen, raskastekoinen vahtikoira. Hän oli sen verran iso ja sen verran kalju, että jengi totteli, eikä vienyt juomia ulos. Turkkilainenkin teki lähtöä tupakalle, kääntyi tyttöihin päin ja iski silmää. Sofiasta näytti, että se oli hänelle. Mutta hän ei ollut näkevinäänkään, ei häntä kiinnostanut, sitä paitsi pian olisi taas hänen vuoronsa. Hän osasi valitsemansa kappaleen ulkoa vaikka unissaan, se oli Jenni Vartiaisen Muruseni. Sen hän laulaisi myös

Idolsin karsinnoissa, jos Jone pyytäisi laulamaan suomeksi. Alkuun hän kyllä ottaisi luulot pois Jonelta ja koko raadilta, hämmästykööt, kun hän vetäisisi vähän Adelea, sen kappaleen, Someone like you. Hän oli katsonut Adelen videon miljoona kertaa.

Johanna ryntäsi pystyyn: "Näitkö, silimää iski! Sehän tarkottaa, että tuu perässä!" "Et oo tosissas, et kyllä mee! Mie suutun…", Sofia yritti, mutta Johannaa vietiin jo. Nytkö Johanna lähti ulos, juuri kun Sofian vuoro tulisi? Ja eikö se huomannut, että turkkilainen ei ollut ollenkaan kiinnostunut siitä, ei ne tummista välittäneet. Mitäs värjäsi kuontalonsa ja nyrhi vielä tuon toisen sivunkin! Sofia tunsi kiukun puskevan pintaan. Teki mieli kiljua, että antaa vetää vaan, senkin Tukijaturva! Ja että minnuu se katsoo, mie oon se aito blondi.

Eikö tämän pitänyt olla hänen iltansa? Eikö noita miehiä ehtinyt toistenkin katsastaa? Esiintymässä oli parhaillaan joku punapäinen Riinamaria, siellä se yritti pysyä Kaija Koon kappaleen juonessa. Vyötärömakkarat lainehtivat jähmeästi, kun hän käntelehti Tinakenkätytön tahdissa. Tuonkin biisin hän, Sofia, osasi tuhat kertaa paremmin.

Salissa oli aikamoinen hälinä, tuolit kolisivat, lasit kilisivät, jengi ravasi baaritiskillä ja vessassa. Sarita jakeli juomia. Esitysten piti olla tosi hyviä, ennen kuin kansa vaivautui kuuntelemaan. Ei voinut mitään, nyt emäntä kuulutti, että vuorossa oli Sofia. "Hän esittää meille kappaleen Missä muruseni on. Missähän se lie, sitäpä sopii kysellä, jos ei se näin lauantai-iltana istu samassa pöydässä!"

karaoke-emäntä oli olevinaan vitsikäs. "Annetaanpa aplodit Sofialle!" Pakko oli nousta, pakko mennä lavalle, ihan yksin. Johanna poissa, turkkilainenkin poissa hymyilemästä. Lassi vilkaisi olkansa yli.

Sofia seisoi jo mikrofoni kädessään, kun hänen sydämensä pysähtyi. Ovelle oli ilmestynyt pitkä kaveri, joka tähyili saliin. Sofia viittasi emännälle, että odottaisi vähän. Hänen täytyi koota itsensä. "Ihan sekunti, pliis!" Tulija löysi samassa ystävänsä, hän suunnisti suoraan sinne Idols-Lassin pöytään. Tulijalla ei ollut pipoa, eikä viiksiä, mutta Sofia tunnisti hänet takuuvarmasti. Se oli Tomi. Jotenkin harteikkaampi ja siistimpi, aikuisempi. Tomi se oli.
Kaikki oli pilalla, miten hän voisi esiintyä! Koivuamma! Iskä!

Hengitä! Jos et nyt uskalla, miten uskallat sitten teatteriviikonlopussa, miten uskallat sitten livenä. Taiteilija uskaltaa, jännitys vain parantaa esiintymistä. Nyt piti sitä paitsi näyttää Idols-Lassillekin, joka oli pelännyt ja jännittänyt. Jos se nyt oli hän. Piti näyttää, että näillä mennään, tästä lähtee. Joku puhui hänen päässään, se oli ehkä koivu-amma tai sitten se oli Kanerva-täti. Hän viittasi emännälle, musiikkia, pliis!

"Yöllä taas mä menin parvekkeelle nukkumaan..." Samassa hän oli Jenni, hän oli muuttunut Jenniksi, hän oli yhtä kaunis, pitkät tummat hiukset, ääni hieman nariseva, aavistus käheyttä puhtauden raamiksi, hän eli laulussa ja sävelissä. Se ei ollut yhtään vaikeaa. Seurakunta vaikeni, ne luulivat, että Vartiaisen Jenni oli tullut paikalle, laulaisi ilmaiseksi heille täällä heidän omassa Saritassaan. Sofia kääntyili samoin kuin Jenni videossaan, katse alasluotuna, välillä hän nosti katseensa raukeana, vaikka mitään hän ei nähnyt.

"Tuule tuuli, sinne missä muruseni on..." , Tomi oli noussut seisomaan, menossa hakemaan juomaa baaritiskiltä, mutta pysähtyi keskelle lattiaa pöytien väliin. "...leiki hetki hänen hiuksillaan..." Katsoi häntä suoraan, Sofia vaistosi sen. vaikka hän katsoi sanoja monitorissa. Hänen ei olisi tarvinnut, eikä hän niitä nähnytkään. Hän veti sielunsa kyllyydestä, odotteli rauhassa sävelmän herkät hopeakellot, kun ne tipahtelivat säkeiden väliin.

Samassa ovi kävi, turkkilainen ryntäsi sisään, pysähtyi miltei lavan eteen. Samuli vilkuili lavan suuntaan. Sofia ei tiennyt, että hänet oli nähty ikkunan läpi. Perässä tuli äänekkäästi rymistellen turkkilaisen kanssa samassa pöydässä istunut kaveri. Tällä oli nyt joku ongelma. Sofia ei tajunnut mitä tapahtui, kaikki kävi niin äkkiä. Kaveri kävi turkkilaiseen käsiksi ja ärjyi: "Saatanan musulmaani, mee sie omia likkojas vahtaamaan. Tää mimmi on miun, perkele!" Sekunnissa lavan edessä oli menossa täysi tappelu. Hänestäkö tapeltiin vai naisistako yleensä? Jotain kytenyttä puhkesi paloksi. Mitä ulkona oli mahtanut tapahtua? Osallisia oli hetkessä useita, kuin jääkiekko-matsissa. Samuli pyrki paikalle, mutta ennen kuin hän sai pahimmista tappelijoista niskaotteen oli monenlaista vahinkoa tapahtunut. "Soitapa Sarita polliisi!", hän huikkasi omistajalle.

Kaikki pilalla! Sofia ei melkein saanut henkeä, kädet tärisivät, kaikki tärisi. Siideri lainehti mahassa ja läikkyi yli päässä. Hän ryntäsi alas miltei kompuroiden, nappasi laukkunsa tuolin selkämykseltä. Ovensuussa seisoi Johanna ja muutama muu asiakas, Sofia ei nähnyt heitä. Pois oli päästävä, ulos ja pian. Heti. Ovi ponnahti auki, hän ryntäsi pyörälle, kyyneleet valuivat jo kuumina poskilla, sumensivat silmät. Lukko auki, missä avain? Mene nyt lukkoon, aukea nyt, kynsi katkesi, laukun hihna karkasi pinnojen väliin, korko lipesi polkimelta. Hetki muuttui mielessä ikuisuudeksi, ennen kuin hän oli pyörän selässä ja suunnisti torin poikki. Hän ei nähnyt eteensä, yhtä harmaata sumua vain, kalvo silmissä, meikkiä ja kyyneleitä. Elämä oli lopussa. Tomi siellä sillä tavoin varoittamatta! Ja hänen esityksensä oli mennyt niin pieleen kuin vain voi, kun ne pirun tappelijat olivat ilmestyneet siihen. Mokoma turkkilainen ja se toinen, suomalainen juntti! Imbesillit tumpelot. Hän ei ikimaailmassa enää astuisi Saritan baariin. Maine pilalla. Joku tyhmä lehmä siellä veisaamassa Jennin laulua, mitä se ittestään oikein luuli? Idolsiinko muka?

Sofia polki kuin vimmattu. Hän ei kuullut, kun Johanna huusi perään eikä nähnyt myöskään torin pinnassa olevaa kuoppaa. Olihan se siinä ollut, routa oli avannut onkalon jo viikkoja sitten, eikä kunnasta oltu muka ehditty vielä korjaamaan. Varoituksena siinä oli vaivainen oksa, nyt ei sitäkään. Sekuntia myöhemmin pyörä rysähti siihen, kypärä lensi kaaressa korista samaa tahtia kuin tyttö pyörän selästä.

Sofia heräsi siihen, että joku siirsi häntä varovasti, ihan vähän.

"Sattuko pahasti?", kysyi Tomi. "Elä liiku, jos vaikka murtu jottain. Soittavat ambulanssia."

"Ei miul mittään tartte, ei käyny kuinkaan. Mistä sie…" Sofian maailma pyöri ympäri, oli huono olo ja samalla autuas.

"Mitä sie nyt silleen lähit? Törmäileen. Pilasivat esitykses mokomat, oisit vaan alottanut alusta, ku ne saatiin rauhottummaan!" Tomi sanoi. Sofia pyrki pystyyn. Hävetti, mutta sielu läikehti sateenkaaren väreissä.

"Elä elä nyt yritä, parasta, että kattovat terveyskeskuksessa. Kun tajukin meni. Kuule, siehä laulat ku enkeli. " Tomi sanoi ja silitti poskea. "Miehä jo tiesinkin sen, ku siellä riparilla sinnuu kuuntelin."

"Miten sie, mistä sie…" , teki mieli tarttua Tomin kädestä ja painaa se tiiviimmin poskelle.

"Mie oon Pelastusopistossa, siitähän mie tiesin. Se oli heti rynnättävä ulos, kun se kaveris huuteli salliin, että oot kaatunut." Tomin ääni oli kuin maitoa ja hunajaa. "ihan rauhassa tyttö pien! Meille on kato terotettu, että on oltava valamiita ku partiopojat. Muuten en ois tainnu uskaltaa lähestyy… ku sie oot niin perhanan nätti", Tomi naurahti ja hymyili päälle niin ihanasti, että Sofian päässä soivat pienet kellot ja laulun sanat:

"...kerro rakkauteni, kerro kuinka ikävöin, kerro häntä ootan yhä vain..."

"Pyöräs tais mennä lunastukseen", Johannan ääni kuului jostain kaukaa. Hän tiesi sen jo itsekin: vihreä runko vääntynyt, kukkatarrat repeilleet. Se on maallista, Sofia ajatteli. Iskä kyllä ymmärtää. "Vain kypärästä isi sannoo", hän vastasi Johannalle ja katsoi Tomia rohkeasti silmiin.

Pieniä nostoja

Senioritalon viikoittainen jumppa oli alkamassa. Susanna oli pyytänyt ottamaan täksi kerraksi jonkun lantiolle solmittavan huivintapaisen mukaan, hän ohjaisi jotain rytmikästä, vatsatanssin ja latinon yhdistelmää. Siinä sitten soviteltiin ahtaassa aulassa huivia vyötäisille. Kaikilla ei ollut. Salista kaikui jo salsan aaltoilu. Baila, baila! Voi, miten se kutsui mukaan!

Berit kietaisi punaisen huivinsa mustan t-paidan päälle. Makkarat piiloon, hän ajatteli. Tiedosti kyllä, että jenkkakahvoja ei mikään piilottanut. Ei piilottanut, eikä poistanut, olivat tulleet jäädäkseen. Huivissa oli heliseviä rahoja, se oli ostettu aikoinaan itämaisesta kaupasta, silloin kun hän vielä kävi vat-

satanssissa. Siitä oli ikuisuus, se oli ennen makka-
roita. Berit nykäisi vihaisesti poninhännän tiukem-
malle. Eipä ollut hiuksissakaan enää samaa vah-
vuutta kuin ennen, vanha pidike päästi hiukset löys-
tymään vähän väliä. Mikään ei ollut kuin ennen.

"Ai, olikos se huivipäivä…, jaa, minä ihan aatte-
lin, että josko sitä… muistin kyllä, mutta…" selitteli
Ansa taputtaen haalistuneen t-paidan peittämää ah-
teriaan. Hän irrottautui varovasti rollaattorista ja
klinkkasi sitten seinästä tukien tuolin luo. T-paita oli
joskus ollut vaaleanpunainen, nyt väri oli epämääräi-
nen, mutta rinnasta saattoi vielä erottaa sanat: Nais-
ten kymppi -89.

Susanna kiirehti huitaisemaan iloisesti kädel-
lään: "Eipä haittaa, jos ei oo huivia, pyörii se lantio
ilmankin. Kiva, kun ootte tulleet! Se on pääasia!"

Se oli aina niin iloinen, nii-in positiivinen. Oliko-
han sillä murheita ollenkaan? Nuorella rouvalla, ei
varmaan ollut! Pari kolme lasta, niinkös se oli, onnis-
tuneita varmaan, tietenkin, mukava mies, ymmär-
tävä, jakoi kotityöt. Haki lapset päivähoidosta, laittoi
koululaisille välipalat valmiiksi jääkaappiin, imuroi ja
kävi kaupassa. Muisti soijajugurtin ja luomuporkka-
nat. Helppo siinä oli Susannan olla positiivinen ja
ihana ihminen. Berit katsoi kohti ja hymyili, yritti
näyttää aidosti iloiselta vaikka kiukutti. Kiukutti
kaikki ja hiipi syvä kade mieleen. Ollapa vielä nuori,
voidapa aloittaa kaikki alusta, voidapa valita uudes-
taan. Jumppaajat asettautuivat paikoilleen. Tönittiin
taas toisiaan, niin kuin tapana oli, Irma ei halunnut
eturiviin, vaikka oli lyhin. "En minä, en minä… osaa
nyt siinä mallina olla…" hän irvisteli. Sitä ainaista.

Rollaattori-naiset olivat järjestäytyneet kuuliaisesti tuoleille ikkunoiden puolelle.

Beritin vieressä on Maija, yllään beiget verkkarit ja iso mustanharmaa, kashmirkuvioinen huivi lantiolla. Hapsut ja kaikki, mutta ei heliseviä rahoja. Huivi luisti auki ja Maija kiristi sen umpisolmuun. "Eiköhän se nyt pysy!" hän tokaisi itselleen ja soi Beritille ystävällisen katseen. Berit hymyili takaisin hieman kireästi.

"Iltapäivää teille kaikille! Kiva nähdä! Nyt tempaistaankin vähän rytmikästä, rouvat hyvät!", Susanna huudahteli iloisesti, ottaen huomio-huomio-ilmeen ja läpsäyttäen käsiään yhteen musiikin tahtiin. Saman tien hän jo pyörähtikin ympäri, keikautti lantionsa ensin oikealle, sitten vasemmalle ja toisenkin kerran, nyt nopeammin. Sievä pikku hamonen teki kivan edestakaiskiepin. "Joo, nyt me otetaan vähän rumbiittaa. Muistattehan? Meillähän oli tää jo kerran syyspuolella. Rumbiittaa, jees, olé!" Hän käänsi soittimen kovemmalle ja hymy alkoi silmistä ja valaisi pian koko kasvot. Hän katsoi koko joukkoa, kaikkia ja jokaista. Kaiuttimista tuli volyymillä Julio Inglesiaa. Spanish eyes. Ääni hiveli kuin etelän yö.

Berit päätti keskittyä Julioon ja punaisen huivin keinuntaan. Siitä kotona odottavasta Pasista ei nyt kannattanut ottaa pultteja, eikä murehtia sitä sortumista pullaan päiväkahvilla, joka nyt turvotti vatsaa. Olen tässä ja nyt, hän vakuutti itselleen, tässä ja nyt.

Kuin hänen ajatustensa vakuudeksi Susanna kuulutti iloisesti: "Nyt me ollaankin señoritoja jostain palmurannoilta ja unohdetaan tykkänään tämä täkäläinen elämä ja kylmä Pohjola! Olé!" hän keinui sulavasti Julion tahdissa. Hame teki aaltoliikettä. Hän oli kuin päivänsäde järven laineilla. "Ensin ne perusaskeleet, muistatteko? Kerrataanpa. Näin se meni: sivulle sivulle ja hops! Lanne mukaan, kunnon nykäys. Jos ei jaksa seista, istualtaan voi tehdä ihan hyvin, ei oo mitään ongelmaa. Kattokaas näin…", hän istahti tuolille ja näytti mallia miten takamus ja käsivarret aaltoilivat. Niin helppoa! Siinä eivät siinä allit tutisseet, eivätkä jenkkakahvat hyllyneet. Mutta hymy tarttui. Että voikin ihmisellä olla niin suloinen hymy!

Naisista useimmat kokivat itsensä täydellisinä, tai ainakin riittävän hyvinä. Siltä vaikutti. Naurun kiherryksiä, iloisia ilmeitä. Tuolit natisivat alla, mutta hyvin sujui. Tuolinaisten liikehdintä toi tosin mieleen lähinnä tikku-ukot, eikä se nyt suoraan sanottuna muillakaan paljon hääppöisempää ollut. Mutta siitä viis, rytmi vei mukanaan. Bolero soljui melkein kuin parhaina nuoruuden päivinä. Todellisuus oli kaukana Susannan mallista, mutta kuka siitä nyt välitti? Rouvat tekivät parhaansa, posket punottivat, sielunsa siivin jokainen palasi nuoruuden unelmiinsa. Sivulle sivulle nytky!

Hikeä tuppasi. Muutaman hymy ei kuitenkaan ollut ihan aito, synkät ajatukset eivät antaneet tilaa rentoutumiselle.

Maija pysähtyi ja löyhytteli kädellään. Kuinka ihmeessä nuo muut jaksavat. "Kyllä alkaa jo ikä painaa, ei millään tahdo jaksaa", hän huokasi Beritille.

"Älä nyt siinä valita, jaksa jaksa vaan", Berit komensi muka vitsikkäästi ja värisytti lantiohuivinsa rahoja. Mitä tuokin nyt siinä, iloinen leski! Oli lopultakin päässyt siitä kammottavasta ukostaan. Heikkihän oli terrorisoinut koko taloa säännöillään ja komentamisillaan. Aina kyttäämässä, oli olevinaan niitä parempia ihmisiä. Olisi Maija nyt vaan onnellinen, mikäs sillä nyt jaksaessa. Hoikkakin se oli, ei tällainen pullahiiri. Berit tiedosti, että hän oli nyt hapan, kerta kaikkiaan hapan. Pasihan sen taas oli saanut aikaan tai sitten oma heikkous. Oli tullut ahdettua pastaa lounaaksi ja pullaa päiväkahvin kanssa. Vaikka oli tiedossa, että jumppa olisi myöhemmin iltapäivällä.

Maija puolestaan ajatteli, että Berit oli oikeassa, olisi pitänyt jaksaa. Eihän tämä nyt vielä voinut näin voimille käydä, tuntia oli mennyt vasta parikymmentä minuuttia. Mutta jospa... Hän oli juuri aamulla ollut lääkärissä ja laboratoriossa. Mammografian jälkeen oli tullut soitto. Oli pitänyt mennä lisätutkimuksiin, jotain häikkää oli ollut kuvassa. Ihan pientä, olivat sanoneet. Varmuuden vuoksi otettiin ultra ja jokunen verikoe. Jospa se oli syöpää, sekös se nyt niin väsytti. Kaikenlaista muhkuraa oikeassa rinnassa, oliko siinä joku kovempi patti? Ehkä hän kuvitteli, ei hänellä nyt syöpä voisi olla. Ja jos olisi, mitä sitten, siitähän paranee. Mutta kellekään hän ei kertoisi, Eija-siskolle enintään. Ajatukset pyörivät yhtä rataa, hymy oli jähmettynyt hänen huulilleen. Eikä hän ollut muistanut syödäkään, jugurtti aamulla ja kuppi teetä. Voi hyvänen aika, sitähän se tietenkin oli tämä väsymys. Hetkeksi hän tavoitti Susannan katseen ja sai voimaa.

"Tätä rataa me kohta ollaan kuin nuoria kauriita!" huudahti Oili ja keikutti lonkkaansa. Ei se kovin sulokkaalta näyttänyt, kauriit olivat tuosta ponnahtelusta kaukana. Vyötäisille oli sidottu ruudullista pöytäliinaa muistuttava mummohuivi. "Tanssi se on, joka pitää hengissä!" Oili oli kuin vanha kuivettunut puunkäkkärä, mutta iloinen ilme oli hänen vakiovarusteensa.

"Aivan", sanoi Susanna ja taputti tahtia: "Sivulle sivulle taakse, sivulle sivulle taakse", hänen oma askelluksensa oli rullaavaa, pitkä niska myötäili, hamonen hulmahteli. Sitten hän pysähtyi hetkeksi ja kumartui vekslaamaan soitintaan.

"Se on kuulkaa niin, että tanssi nuorentaa ihan oikeesti. Tutkittu juttu. Ihmisellä on rytmi veressään, ei se pelkästään latinoille kuulu tai afrikkalaisille. Kattokaapa vaikka pieniä vauvoja, heti hytkymässä, kun musiikkia tulee." Kaikki nyökyttelivät, posket punottivat, huivit heiluivat, huivien pienet kolikot helisivät.

"Eikös ne sitä sano nykyään, että se on liikunta vähän joka tautiin se paras lääke", Oili ehdotti. "Toissapäivänäkin oli aamuteeveessä joku guru…"

Soittimesta kuului kastanjettien teräviä napsahduksia ja ilmoille vyöryi kohtalonomainen Granada. Susanna otti flamencotanssijan ylpeän, epätoivoisen ilmeen. Hän nosti vasemman kätensä ylös, sormet sirossa koukistuksessa, oikea käsi nousi vaakasuoraan, katse seurasi sen rataa. Sitten käsien asento vaihtui kiivaalla liikkeellä.

"Siinä teille vähän flamencoa!" hän huudahti ja pysähtyi. Hymy oli palannut kasvoille silmäniskun saattelemana.

"Eli nyt sitten kädet mukaan, muistatte, melkein flamenco-tanssijan kädet... Tai unohdetaan jalat ja otetaas ihan vain kädet, hitaasti, keskisormi alas ja muut harottaa... Tää on tärkee, käsivarret takaviistoon ja sormet! Muistakaa sormet! Näin, katsokaas! Ja hitaasti käännätte kämmenet sitten ulospäin. Tää vaikuttaa alleihinkin. Hienoa!" Susanna kannusti ja rouvat panivat parastaan.

"Flamencotanssijalla kädet ja sormet on ykkösasia!" Susanna näytti mallia. Sanojensa vakuudeksi hän taputti rytmikkäästi ensin vasemmalle, sitten oikealle.

Raila näytti vierustovereilleen keskisormea ja hihitti päälle. Se nyt on sellainen, tähän taloon oli eksynyt kaikensorttista senioria, joka lähtöön. Tyylitajuttomia keskisormen näyttäjiäkin, oli olevinaan muka hyväkin vitsi. Edessä yritti lantiotaan keinuttaa Marketta, kovin oli epävarmaa liikehdintä. Hänelläkin oli rollaattori omassa eteisessään, ei vain vielä halunnut antaa periksi. Berit katseli Markettaa ja Ansaa, näky oli pelottavan surkea.

Toinen ylipainoinen tankki ja toisella nivelet taipuneet sivulle. Ikä oli vaatinut veronsa. Mutta käsivarret heillä sentään nousivat. Itsellä toinen olkapää ei totellut. Liiasta yrittämisestä vaan kipuili. Mitenkähän se olisi Pasin tilanne? Lihava sekin oli ja nivelvammainen. Pian varmaan liikkuminen oli Ansan luokkaa.

"Ja seuraavaksi olkapäät mukaan, niillä, jotka voi. Tai kyllä kaikki voi, ainakin ihan vähän. Pyöritä pyöritä... ei pienesti, vaan dramaattisesti, kunnolla, dramaattisesti... Just noin, " Susannan ääni laski ja nousi, haki välillä jopa koleita sävyjä. "Te ootte ihan mahtavaa porukkaa! Ja nyt antaa käsivarsien pysähtyä sinne taakse, takaviistoon, muistakaa hengitys, unohditteko? Taisitte unohtaa! Olkapäät alas, lapaluut alas, niska pitkäksi."

Berit katseli kumppaneiden niskoja, melkoiset kyhmyt yhdellä jos toisellakin, eipä niitä kovin kummoisesti pystynyt joutsenkauloiksi venyttämään.

"Kädet selän taa ja sitten pieniä nostoja, niin että lapaluissa tuntuu. Ensin iso kaari olkapäästä ja kädet taakse ja pieniä nostoja... iiihan omassa tahdissa! Olé!"

Melko kulmikasta oli joukon liikehdintä. Ansakin yritti parhaansa, istuviltaan se ei onnistunut ihan Susannan mallin mukaan. Oikea käsi sojotti varovasti alaviistoon. Beritin olkavartta kivisti. Poninhäntääkin piti taas kiristää.

"Ai jai, sattuuko Berit?", Susanna huolestui. "Voit pitää käsivarsia sivummallakin, ihan mikä itsestä tuntuu hyvältä. Ei oo pakko vääntää niin taakse. Siitä vaan ne pienet nostot, onnistuuko?" Susanna näytti mallia. "Mutta entäs Maija? Oot ihan kalpee. Onko huono olo?" Susanna korotti äänensä niin että kaikki kuulivat: "Otetaas pieni paussi. Istutaan ja venytellään. Ja vesihuikka on paikallaan. Muistattehan te muutenkin juoda tarpeeksi vettä?"

"Ee-ei, ihan vähän, ei tää mitään...", Maija istahti kiitollisena, hetken oli huimannut.
Vesi auttoi asiaa. Hän kohensi tippumaisillaan olevaa huivia.

"Ihanaa tää on!" hihkaisi Raila ja Irma säesti. Railan poskia punasi muukin kuin salsa. Kukaan ei

tiennyt hänen salaisuuttaan: hän oli eilen ollut treffeillä ensimmäistä kertaa miesmuistiin. Ihan vaan kahvilla. Irmallekaan ei vielä ollut kertonut, vaikka Irma oli selvästi huomannut, että jotain erikoisen hyvää oli ystävälle tapahtunut. Eihän se kaveri nyt mikään niin erityisen hääppöinen ollut ollut, siisti kumminkin, eikä näyttänyt juomarilta. Eikä ehdottanut mitään, paitsi uusia treffejä. Häntä nuorempi, hyvä jos vielä edes kansaneläkeiässä. Nettituttavuus. Siskontyttö oli opastanut deittipalstan käyttöön.
Mikä uusi maailma siitä olikaan auennut!

"No niin, jatketaankos rouvat?" Susanna ehdotti.

"Yritetään, ei tässä auta kolotuksiaan jäädä ihmettelemään", sanoi Marketta punnertaen tuolista tukien pystyyn. Susanna kumartui etsimään lisää musiikkia soittimestaan. Pian rytmi taas kantautui, latinomiesten ääniä: pepita, gerida, baila baila...

"Eipä tuosta saa selvää, vaan on niillä äänet kuin silikkisamettia!" huudahti Maija ja päätti unohtaa taivaan kirjoissa määrätyn kohtalonsa. Naiset tirskahtelivat: "vai että silikkisamettia, sellaisen kun sais hyppysiinsä..."

Kaikki alkoivat vääntää lantiolla omanlaistaan kahdeksikkoa. Irma väänteli lisäksi kasvojaan niin muka hassusti, että Beritiä inhotti.

Tunnin päätyttyä kaikki huohottivat punaposkisina. "Kylläpä teki hyvää vanhoille nivelille!" joku huokasi ja otti kulauksen vesipullostaan. Huiveja irroteltiin solmuistaan. "On se tuo Susanna tosi valoisa persoona, kertakaikkisen hyvä opettaja, aatelkaas…", sanottiin.

"Kiitti vaan, itse ootte ihania, teidän kanssa tässä itsekin ihan virkistyy," Susanna huikkasi ja pakkasi kiireellä soitintaan ja vyötäröhamostaan. "Anteeks, mulla on nyt aika kiire, tarhan tädeillä on kokous, ei saa myöhästyä. Ensi kerralla taas sitten jotain ihan muuta! Mutta muistakaa treenata kotona, lantio ja olkapäät. Sormet, allit! Heippa, nähdään viikon päästä!" hän meni jo ulko-ovella.

Iloinen sorina täytti käytävän, rollaattorit törmäilivät. Raila supatti Irmalle, että sopisiko tämän tulla kahville iltapäivällä. "Vaikka siinä kolmen kieppeillä?" Silloin hän kertoisi jymyuutisensa.

Maija odotti hissiä ja hymyili jähmettyneesti Beritille, joka oli tulossa samaan hissiin. "Olipa se menoa. Välillä meinas jo huono olo tulla. Mutta kivaa on kun mikä, tuo Susanna on yliveto", hän sanoi nypläten auki huivinsa solmua. Nyt se kyllä oli tiukassa, äsken sitä sai kiristää vähän väliä.

"Onhan se, mukava ihminen. Mutta mikäs on ollessa, nuori ja nätti. Asiat hyvin", Berit totesi kalseasti. Hän riisuisi huivinsa vasta kotona.

"Nii-in, sasse, nuori ja vailla huolia…" Maija sanoi haikeasti. "Heippa sitten, nähdään", hän sanoi jäädessään toisessa kerroksessa pois. Kylläpä nyt väsytti, edes yhtä kerroksen väliä ei jaksanut nousta. Paras ottaa alkajaisiksi nokoset.

Kaksi kerrosta ylempänä Berit avasi ulko-oven ja näki heti, että Pasi makasi lattialla.

Jalat vaan näkyivät eteiseen. Hyvä luoja, sydän hypähti kurkkuun!

"Herrajumala, mikä se ... ootko hengissä? Pasi!"

Hengissä oli, käsi veressä, lasi sirpaleina, olut lattialla. Harmaat verkkaritkin veressä, vatsa kellotti ruutupaidan ja verkkarihousujen välistä. Naama punaisena, harvat hiukset sekaisin.

"No perkele, lopultakin sieltä tullaan", kuului tervetulotoivotus. "Oon tässä maannut, en päässyt ylös, liukastuin... Saatana, kun viivyit. Voisitko mahdollisesti auttaa?" Pasi murisi ja yritti liikkua.

Beritin ensireaktio oli kääntyä ympäri, avata ulko-ovi ja mennä pois ikuisiksi ajoiksi. Jättää se siihen, olkoon, kuolkoon. Aie meni ohi sekunnissa ja puolison sanat toisesta korvasta sisään ja toisesta ulos.

"Odotas, kerään sirpaleet, ettei satuteta."

"Niin kai saatana."

"Eihän sua sattunut? Meinaan kun et ylös päässyt?"

"Sattunut ja sattunut, perkele. Vittu, sanoinhan jo, en päässyt kun en päässyt. Et kuullut vai? Auta nyt saatana."

Pian Berit oli jo tarttumassa käsistä. Satakiloinen mies oli kuin valas, möykky, säkki. Itse ei yhtään pystynyt auttamaan. Toisen kätensä oli leikannut sirpaleisiin, ei pystynyt siihen tukemaan. Ja Berit tiesi, että Pasi ei jaksanut. Ei yhtään jaksanut itse auttaa. Alkoholi sekoitti pään ja tasapainon, kiloilla ja iällä oli tietty osuutensa. Pasi oli jo hyvän matkaa yli seitsemänkymmentä. Liikkuminen huonompaa ja huonompaa. Tämä ei ollut ensimmäinen kerta kun ylös ei päästy omin voimin. Berit otti toisenlaisen otteen, kainaloiden alapuolelta. Olkavarsi teki tenän. Huivi helisi ja takapäästä pääsi pieni paukku.

"Tiu'ut sen kun soi ja akka pieree", Pasi kailotti. "No vittu, nosta, perkele! Älä revi kainaloista, älä raahaa, kädet irtoo, perkele!" Berit päästi otteensa.

"En jaksa! Tää olkavarsi! Tuollainen köntys, senkin juoppo! Etkö nyt yhtään saa itse tuettua? En tosiaankaan jaksa, jos et itse yhtään avita." Beritin ääni kohosi. Häntä korpesi niin, että olisi mieli tehnyt läiskiä miestä kasvoille, joka puolelle, jättää makaamaan siihen, paeta. Hän ei edes olisi halunnut koskea mokomaan rutjakkeeseen. Hän ymmärsi, että kun olut oli mennyt sivu suun, odotus seuraavasta oli kasvanut luonnottomiin mittasuhteisiin. Viinaa oli saatava. Viimeiset voimat oli käytetty ylöskömpimisen yrittämiseen. Yritykseksi oli jäänyt.

"Minä meen hakemaan apua"; Berit sanoi ja lähti päättäväisesti ulko-oven suuntaan.

"Et perkele mee, opettele nostamaan oikein, saatana! Jos meet, niin tapan sut."

"Just joo, tapat, kun et edes ylös pääse. Ei mulla oo voimia, usko jo, ukko on kun mikä möhkäle, viinaa vaan on saatava, olutta olutta, muusta viis. Ja kunhan ei naapurit saa tietää tai henkilökunta!" Berit irrotti salsa-huivinsa ja viskasi sen lattialle niin että helisi.

"Saatana, pää kiinni. Hae porrasjakkara ja pidä sitä, niin kyllä minä sitten."

Susanna kurvasi tila-autonsa päiväkodin pihaan. Hän ryntäsi sisään. Santeri odotti eteisessä opettajansa kanssa.

"Viime tipassa!", Susanna huohotti, "mulla on aina tämä senioritalon jumppa tälleen keskiviikkoisin, tiukkaa tekee!"

"Noo, ehtiihän tässä, eipä mittään. Tää nyt ei maailma kaada", tuumasi opettaja.

"Pikkumies on ollut yhtä aurinkoa, niin kuin aina!" hän lisäsi.

"Iukkaa tekee, eipä ittää, eipä ittää, aulinko ja kuu, kuu ja tählet", sanoi Santeri iloisesti ja ojenteli pyörätuolista jo innokkaasti käsiään kohti äitiään. Opettaja hymyili, vilkutti ja meni menojaan, kokous oli jo alkanut.

"Mitä se äidin ilopilleri, mites meni päivä?" Susanna jutteli pojalle, kun nosti tämän pyörätuolista auton etuistuimelle ja sujautti turvavyön kiinni. "Huhhuh, kylläpäs painat! Mitäs me sitten tehdään, kun en jaksa nostaa sua enää?" hän sanoi ja pörrötti Santerin tukkaa.

"Ankitaan iiisooo ottuli, ostaa Anterin kordlkeelle…"

"Hyvä idea, hankitaan nosturi! Äidin poika, kiva nähdä!" Susanna sanoi pakattuaan pyörätuolin tavaratilaan. Hän antoi pojalleen suukon päälaelle ja sulki Santerin puoleisen oven.

"Iva nählä, iva nählä!", riemuitsi Santeri käsiään taputtaen.